大英图书馆

·侦探小说黄金时代经典作品集·

钟楼蝙蝠

BATS IN THE BELFRY:
A LONDON MYSTERY

[英] 伊迪丝·卡罗琳·里韦特 著

李崇华 译

中国青年出版社

序　言

两次世界大战期间被称为“侦探小说的黄金时代”。随着本书《钟楼蝙蝠》的重版，读者可以重温这一时代的佳作。《钟楼蝙蝠》的作者为人低调，笔名“E.C.R.洛拉克”，在其20余年的职业生涯里，取得了莫大的成功。但令人不解的是，这本品质卓越的小说问世后，并未引起太多关注。

这部小说在两个方面做得极为出色。

首先是布局和架构。《钟楼蝙蝠》出版于1937年，彼时的洛拉克已成长为经验丰富的侦探小说作家，积累了精湛的创作技巧，可以不动声色地将作案嫌疑在不同角色身上转换，引导读者带着浓厚的兴趣一步步接近真相。小说的开篇场景设定在三月的一个夜晚，主角布鲁斯·阿特尔顿和美丽的妻子西比拉，以及他们的朋友托马斯·伯勒斯、尼尔·罗金厄姆、罗伯特·格伦维尔，还有受布鲁斯监护的伊丽莎白——悉数出场。安东尼·费尔是布鲁斯的远房亲戚——这位来自澳大利亚的年轻建筑师不幸在车祸中丧生。众人在他的葬礼相聚，一番闲谈之后，话题却骤然转向了如何处理尸体，令人陡生疑虑，其背后到底隐藏了怎样的真相……

布鲁斯饱受一位名叫德布雷特的神秘陌生人的困扰，两人之间的关系疑云重重。随后布鲁斯和德布雷特相继失踪，罗伯特·格伦维尔开始踏上探寻真相之路。几日后，在废弃已久的幽暗钟楼里发现一具尸体，让整个事件变得更加扑朔迷离。此处该细节可谓这部侦探小说匠心独运的体现，洛拉克提供了充分的线索，引领读者抽丝剥茧，逐步揭开精心编织的谜团。

其次是注重氛围的营造。这是本书的另一精彩之处。创作《钟楼蝙蝠》的那个时期，洛拉克将许多作品的背景都设定在伦敦市中心，比如1934年的《圣约翰伍德谋杀案》和《切尔西谋杀案》，还有随后的《管风琴悬案》。《管风琴悬案》的被害人便是在摄政公园的音乐亭被人发现的。洛拉克对伦敦极为熟悉，在小说里将这座城市的阴暗面展示得淋漓尽致。那座昏暗可怖的钟楼——也被称为“停尸房”，经作者的渲染，给人以身临其境的感觉：“在伦敦西区霓虹灯的映照下，一座荒颓的塔楼矗立于昏暗低垂的夜幕中。凸悬于塔楼边角上的滴水兽直面肆虐的夜雨，主楼长长的房顶陷于一片黑暗。”

洛拉克于1936年8月完成本书。当时，她和母亲比阿特丽丝·里韦特正待在韦斯特沃德霍。从她写给母亲一封信件的副本中可以看出，她非常怀念两人度过的“美好假期”，想念巴伦斯的阳光和比迪福德湾的沙滩。洛拉克特别喜欢德文郡西北部的海岸，她于1931年出版的首部小说《巴伦斯谋杀案》开篇场景就设定在那里。我们这本与其场景设定大相径庭的《钟楼蝙蝠》于1937年1月由“柯林斯犯罪俱乐部”迅速出版，该公司也出版了她的许多其他作品。

洛拉克的真名为——伊迪丝·卡罗琳·里韦特（1894～1958），她出生于亨登，曾在南汉普斯特德高中和工艺美术学院求学。洛拉克也常常被称为“卡萝尔·里韦特”。因此她出版首部小说时，把这个名字颠倒过来，以掩饰自己的真实身份（在她的另一本书中，署名则是“镜子中的卡萝尔”）。也许和当时其他女作家，比如先后使用“J.基尔梅尼·基思”和“安东尼·吉尔伯特”作为笔名的露西·马勒森一样，她也认为使用男性化笔名比较容易吸引读者，以致大多数评论家都认为“洛拉克”是位男性作家。评论家兼作家H.R.F.基廷在他的著作中写道：“我在童年时代十分崇拜这位作家，曾想象他是个思维缜密、手持烟斗的绅士，谁曾想‘他’居然是位名叫伊迪丝·卡罗琳·里韦特的女士，这着实令我震惊。她善于刺绣和书法艺术，总是穿着手工缝制的束腰外衣，带着精美的插图本书籍出现在威斯敏斯特大教堂。”

年轻的基廷将洛拉克和弗里曼·威尔斯·克罗夫茨做了比较。弗里曼·威尔斯·克罗夫茨擅长编织条理清晰、构思精巧的警察故事，他塑造的约瑟夫·法兰奇督察出自伦敦警察厅，亲和沉静，对工作有着坚定的执着；洛拉克笔下的麦克唐纳督察拥有相近的品质。麦克唐纳和法兰奇一样，不像夏洛克·福尔摩斯、赫尔克里·波洛和彼得·温西爵爷那样的明星侦探无所不能，他经手的案件具备更多现实因素。也正因如此，麦克唐纳远不及那些卓越的虚构侦探令人难忘。似乎，就连洛拉克本人也忘了他的名字——他首次亮相时名叫詹姆斯，不知为何又变成了罗伯特。

基廷也曾提到，洛拉克那一代侦探小说作家都极力避免公开曝光，因而洛拉克的生平鲜为人知。《钟楼蝙蝠》出版那年，洛拉克成为著名的“侦探作家俱乐部”成员，后又出任俱乐部秘书一职。她终生未婚，将自己的文学遗产留给了姐妹。

洛拉克是位多产的小说家。也许是不想让同一笔名的书籍充斥市场，她在1936年换用笔名“卡罗尔·卡纳克”

出书。大部分“卡纳克”系列小说的主角都是朱利安·里夫斯总督察，其角色设定与麦克唐纳类似。到1958年洛拉克去世时，她已经出版了70多本著作。但令人遗憾的是，在过去60年间，她的名声逐渐消退。不过，洛拉克的书长期以来都深受珍本收藏家的喜爱，她的带有书籍护封的早期首版著作一直价格不菲。自2013年以来，有人建立了“E.C.R.洛拉克论坛”。今天，希望论坛成员们以及众多尚不熟悉这位杰出作家的读者们，通过这次重版的《钟楼蝙蝠》进一步了解洛拉克，并享受阅读的乐趣。

马丁·爱德华兹

英国警衔说明

由于“侦探小说黄金时代”系列小说的故事发生地主要在英国，书中机警睿智的侦探也以英国警察为主，所以在读者阅读本书之前我们先对英国的旧时警衔和称呼做一些简略介绍，以便读者更好地理解小说背景。

英国的旧时警衔主要分为5等（从高到低）：

警察总监（Chief Constable）；

警司（Superintendent）/总警司（Chief Superintendent）；

督察（Inspector）/总督察（Chief Inspector）；

警长（Sergeant）；

警员（Constable）。

伦敦以外地区的警署还有以下几种职级（从高到低）：警察局长（Chief Constable）、警察局副局长（Deputy Chief Constable）、助理警察局长（Assistant Chief Constable）。

另外，对于担任刑事调查部门或其他某些特别部门职务的警务人员，一般会在他们的职级之前加有“侦探（Detectives）”前缀，本书中译为“警探”。此类警务人员由于职责性质特殊，所以一般不穿制服，而着便衣执行任务。

在警务人员的升迁或训练等临时过程中，他们的职级还会加有“实习（Trainee）”“临时（Temporary）”“代理（Acting）”的前缀。

目 录

第一章

“这葬礼真够敷衍的，一点时间也不耽误，三两下就结束了。要我说，葬礼本身就是个荒唐事儿，办不办对死去的人有任何意义吗？”

布鲁斯·阿特尔顿调了杯威士忌，大口喝下烈酒，想要忘记自己此刻正在葬礼上，这种做派与现场的气氛格格不入。尼尔·罗金厄姆也端着威士忌，口味略淡些。他轻挑剑眉说：

“我不怕参加葬礼。葬礼啊，婚礼啊，都有个好处，一切都安排得井井有条——开场白、主题、最后的祝福，然后大功告成。就像你刚才说的那样，三两下就结束。不像有些糟糕的聚会，一点也待不下去，只想找个恰当的时机逃走。我就喜欢这样安排妥当的活动。”

布鲁斯咧嘴一笑，瘫坐在壁炉旁的扶手椅上，火光映亮了他那带着嘲讽的黝黑的脸庞。三月的夜晚还颇有些寒意，从湿冷的屋外进来，西比拉·阿特尔顿香气宜人的客厅更显得温暖舒适。西比拉的房间可真漂亮，罗金厄姆在心中暗想。屋里很安静，处处显得精致，椅子大小合适，数量也刚好，不至于太多害人绊倒。淡灰色搭配银色、淡紫色和深蓝色，处处散发着女性气息。这里适合谈天说地，像布鲁斯那样痛饮威士忌显得不合时宜。

西比拉穿着银锦缎衣服，肩上披件短款貂皮斗篷，看起来优雅极了。她点了一支巴尔干寿百年香烟，有些不快地看向丈夫。

“布鲁斯，葬礼还真能让你挤几滴眼泪呀。没见你为死去的表弟难过，只怕是因为被人叫来，不情愿地站在墓地旁，反而对自己生出了无限同情吧。”

西比拉的语气让罗伯特·格伦维尔有些尴尬，他决心说点逗趣的话缓和气氛。“夫人，您可真会说笑。能不能打听一下，今天的葬礼是给哪位办的？该叫他‘被埋的人’‘入土的人’，还是别的什么？”

“人们一般称‘敬爱的已故者’，或者‘令人哀痛的逝者’，”布鲁斯好脾气地说，“他叫安东尼·费尔，很年轻，算是我的近亲吧，有多近我也说不清。几个月前才刚从澳大利亚过来，热情爽快，是个建筑师。手艺很是不错，会建现代化的大型公寓，管道技术也是一流。不过真可惜，他保养车子的手艺差远了。那天雾蒙蒙的，什么都看不见，他硬是开着老款赛车从波洛克山直冲下来。要我说他那辆黄色跑车，真是丑得不忍直视。关键时候刹车失灵，车撞坏了，他也直接从车上飞了出去！”他又举起杯子，一边偷瞄着透明酒柜。“事情经过就是这样，所以今天埋葬的是他的残骸。很感谢尼尔特意来帮忙，他一直都是活力满满的样子，只是我今天没什么好心情。”

罗金厄姆幽幽地说：“太可怕了。费尔前几天还给我看过那辆车，吹嘘他怎么亲自验车，只差把这车吹上天。”

“这年轻人真是可怜，人都没了，还要被你百般嘲弄。”伊丽莎白·莉说。她坐在印有紫丁香花的矮椅上，靠近雪松炉火取暖，露出了纤细迷人的双腿。红头发，白皮肤，圆圆的脸庞，浑身散发出少女气息。此刻，面露悲伤的她宛如一位怀抱鲁特琴的天使。“客死异乡，无人为你流泪。若有人告诉我，我愿前来，为你的棺椁洒上玫瑰花瓣。”

“那有什么用啊，伊丽莎白？”布鲁斯说，“没用的，你也知道，我们家的人都活不久，除了‘老兵’。他得有一百岁了吧，身子骨还硬朗得很。我听说他55岁那年买了养老金，价格很便宜，因为他心脏不怎么好。现在呢，那家公司都把他当成一笔坏账了，盼着他早日归西的念头全打消了，还给他起了个‘老兵’的外号。我们家这些情况你是知道的。”

“不过，他总得有离开人世的那天，”西比拉说，“有人说过，人从出生那刻起，唯有一件事是百分百确定的、毫无疑问的，那就是终有一死。”

“真有趣。”托马斯·伯勒斯原本安静地坐在西比拉身后，突然说了一句。布鲁斯·阿特尔顿不禁皱眉。他的声音低沉浑厚，布鲁斯听来只觉油腻，“满是铜臭味”，话说回来，肥头大耳的伯勒斯倒真是不差钱。

“这对他的继承人来说难道不是好事一件吗？”伯勒斯接着说，“年轻人，他的财产迟早都会到你手里，对吧？”

伊丽莎白用甜美的声音说：“不过，没有人知道自己的生命何时终结。”她跟监护人布鲁斯·阿特尔顿都不待见伯勒斯，这是两人少有的共同点之一。“摔倒啊，痉挛啊，动脉瘤啊，或者晕倒，身体再强壮的人，也可能一转眼就被埋进土里。我呢，比较喜欢用‘被埋的人’来称呼死去的人。”她一边说，一边用无辜的蓝眼睛盯着富有的股票经纪人伯勒斯。

“不过变成虫子的食物而已，”罗伯特·格伦维尔满不在乎地说，“我们的聊天越来越有趣了。所有肉身，皆为草芥。不过，想这些也没什么意义。”

“换个有趣的话题吧，说说俱乐部每月举办的夜晚比赛，”伊丽莎白继续说话，眼神刻意避开伯勒斯那张胖脸，几乎难掩厌恶之情。“我们经常举行脑力比赛，事先会公布题目。这个月的问题就是：如果手上有一具尸体，该如何处理，才能避免它可能带来的麻烦？提出巧妙而且实用的方法，就能获得最高分。”

众人发出惊呼声。罗伯特·格伦维尔笑着说：“天哪，妙极了！”

阿特尔顿不禁大笑。他又斟满酒杯，说：“丽莎[1]，给我们一点时间想想。”

伯勒斯立马反对。“你们这些年轻女孩，脑子里净是些乌七八糟的东西，搞什么俱乐部！你这孩子，就该挨顿揍，乖乖睡觉。”

西比拉懒懒地说：“汤米[2]，别这么老派啊。现在大家都爱玩杀人游戏，你也想想怎么解答，就当是可以挣钱。”

罗金厄姆立在炉火旁，微笑着看向伊丽莎白。他个子高，长相帅气，可惜早早秃顶了，看上去比实际年龄42岁要老气。罗金厄姆的头型端正，眉毛高扬，头发梳得光滑整齐，后脑勺发量还很丰厚，唯有秃顶略显老教授风范，与光彩熠熠的脸庞不太搭调。罗金厄姆正在认真思考伊丽莎白的问题，十足是个天生爱动脑筋的人。

“需要更多的背景设定，”他对伊丽莎白说，“是假定自己害死了这个人，还是帮朋友处理尸体？”

“我也问了，”伊丽莎白对他的热情参与报以天真烂漫

---

① 伊丽莎白的昵称。

② 托马斯的昵称。

的笑意，“最简单的假设是，是他害死了这个人，可以是失手，也可能是恶意加害。”

“这个想法很好，”布鲁斯说，“假如我杀了人，他的尸体横在了壁炉地毯上，要把现场处理得干干净净，毫无痕迹，可不容易。”

“你太随意了吧，”这次换格伦维尔发言了。这可是伊丽莎白提的问题，他要想尽办法讨好她。“好好想想吧，我们不能即兴杀死任何人，这是不言而喻的啊。”

“请接着说，”伊丽莎白说，“我想听听你的看法。”

“假设我想谋杀汤姆·布朗好了。首先，要确保没人知道我是最后一个跟他在一起的人，也不要和他约见面，避免有人听到。”格伦维尔身体前倾，下巴搁在拳头上，眉头皱作一团。“我会去破烂的汽车市场，花10来镑租辆能开几百千米的旧车。等哪天晚上下雨了，付好租车押金，开车出去，假装跟回家的汤姆偶遇，然后说：‘天气真糟糕，要不要带你一程？’一等他上车，直接打晕，开车拉到远郊。那地方你们知道的，人们都热衷于自己建房子。我提前修好车库，在地上挖了洞，就等现在把汤姆拖进去，浇上一层水泥，再把车还回去。我和汤姆，还有车之间，都没有一丝关联。”

伊丽莎白说，“我觉得不好，不真实。也许这样做是能瞒天过海，不过靠这故事怕是没希望赢。”

罗金厄姆说:“确实如此。雨夜里让汤姆搭顺车，这个主意不错。车库挖洞就算了，我看不如把汤姆扔进白垩岩的无底洞里。”

西比拉懒懒地发出反对声:“你真没劲。要真有白垩岩洞的话，里面早堆满尸体了。我已经听腻了。”

伊丽莎白热切地问:“那你觉得应该怎么做?”

西比拉深吸一口烟，懒洋洋地说:“我不赞成把人打晕。我喜欢用电。给洗手盆接上电源，唤他来洗漱，就搞定了……”她深思熟虑似的抬头,“把尸体拖进下沉式浴缸，浇上厚厚的混凝土，最上面放层浴垫，大功告成。”

“天哪，西比拉，不敢相信你竟会有这种……这种想法!”伯勒斯倒吸一口气说。

阿特尔顿咧嘴笑说:“没想到吧，老家伙?这故事很有恶毒的波吉亚和麦克白夫人风格。你不会以为西比拉只能演些家庭喜剧吧?”

伊丽莎白说:“还别提，西比拉比你们都有创意。”

阿特尔顿低声道:“这个点子很妙，把汤姆永远嵌在房子里。”

罗金厄姆看伯勒斯双眼圆瞪，说:“伯勒斯，这都是想象出来的。你没看过恐怖小说吗?”

“伊丽莎白，你还没有告诉大家你的鬼点子呢!”格伦维尔说,“快说来听听!你的故事一定很黑暗。”

伊丽莎白用掩饰不住的得意说："当然，比西比拉的可怕多了。伦敦有不少乔治王朝时期的教堂，地下就是家族墓穴。我知道布鲁姆斯伯里就有一座这种教堂。暖气炉安在墓穴里，找着路，悄悄溜进去不难。我的计划是，喊上汤姆去探险，等走到墓穴另一头，在伸手不见五指的黑暗里，用球棒猛地打晕他，再找副壁架上的旧棺材，把汤姆扔进去，盖上盖子就好了。"

"我天，这孩子太有想象力了。尼尔，这个恐怖故事怎么样？从剧作家的角度来看，剧情是不是合理？"

罗金厄姆说："很合理，只是当戏剧用有点过于恐怖了，倒是挺不错的短篇小说素材。伊丽莎白，要不要试试？"

"这行不通的，"伯勒斯自己又倒了一杯酒，说，"要拧开棺材的螺丝可不容易，里面有铅衬。"

伊丽莎白轻蔑地看向身材肥硕、衣着考究的股票经纪人伯勒斯，镇定自若地说："这点我想到了，滴一滴油，螺丝就好拧开了；至于铅衬，用修枝剪就能解决。你愿意跟我去感受一下吗？"

布鲁斯笑着插话道："伯勒斯，你就别跟着凑热闹了，她说不定还真要把这些想象付诸实践。丽莎，你的鬼点子我可记住了，指不定哪天还能用上。"

"真要去假想的犯罪现场，何不邀我一起？"格伦维尔向伊丽莎白祈求道，“我是最完美的合作伙伴啊。又不是真的要杀人，我们何不干脆就此写个专栏，与读者分享？”

西比拉严肃地说：“伊丽莎白，真要犯罪的话，一定单独行动，跟人合谋就是自找麻烦。好了，孩子，能不能过来给我读一下瓦因的新剧本，我有点不喜欢我的角色。让男士们自己玩牌去吧。”

她带着独有的优雅从容起身，向客人们道了晚安。罗金厄姆一直觉得，她那慵懒的表面下，暗藏着一颗沉着坚毅的内心。

“晚安，汤姆[①]，我月底之前都不在城里。记着，4月1号愚人节，1点半，伯克利烧烤店见！晚安，罗金厄姆先生，谢谢您在葬礼上安慰布鲁斯。晚安，格伦维尔先生，让伊丽莎白自己去谋杀人吧。跟我走，小宝贝。”

她挽起伊丽莎白的胳膊，两人走出房间，留下四位男士立在壁炉旁。西比拉前脚出门，伯勒斯马上就想离开。

“我要去俱乐部看……”他正开口讲话，布鲁斯插话道：“看狗。知道了，托马斯，晚安！”

伯勒斯不禁皱眉，法令纹愈发深陷。他回答说：“是跟狗差不多大的东西。晚安，阿特尔顿。你看起来有点憔悴，是为了死去的年轻表弟难过吧。真让人震惊啊！年轻

---

① 托马斯的昵称。

人就爱飙车，‘安全第一’向来是我的座右铭。晚安，罗金厄姆。”

他向格伦维尔点点头，一边穿外套，一边跟布鲁斯踱到门口，两人有一搭没一搭地聊着。布鲁斯回到客厅以后说：“尼尔，格伦维尔，去书房吧，那儿待着舒服。”

罗金厄姆摇头道：“不用了，我们也该走了，你需要安静一会。费尔出事，把你伤心坏了，我自己也有些难过。他给我看过那辆该死的车，我比他要了解跑车，应该帮他检查刹车的。”

“不，你可千万别为此自责！我是宿命论者，不信意外出事那一套。安东尼的命数尽了，不是在波洛克山遇到刹车失灵，就可能是火车相撞或肺炎。我真的很伤心，我喜欢这个小家伙。我们家几代人都吵吵嚷嚷的，恨不得斗个你死我活，难得能有一个让人喜欢的亲戚。要说，亚当叔叔就是所有争论的源头，他跟谁都能吵起来，把整个家族风气给败坏了。其实，我们本质上都是好人！”

他从壁炉旁走开，接着说：“感谢你今晚来帮忙。我厌恶葬礼，现在得去泡两个小时澡，把晦气全带走。晚安，下周巴黎见！”他转向格伦维尔说：“年轻人，很高兴又能见到你，不过我要去泡澡了，改天见！让韦勒送你出去。”

阿特尔顿家位于帕克村南，四周可谓风景如画。韦勒任管家，他擅长以主教般的姿态履行职责，将家里打理得井井有条。人们都喜欢韦勒，他手下的仆人们尤为如此，这样一群忠心耿耿的仆人每天都在为西比拉·阿特尔顿竭诚服务。她家厨房建在地下，走楼梯很不方便，另外还有几间地下室。

布鲁斯·阿特尔顿一打开客厅大门，男管家便出现了。他看了眼主人，布鲁斯急躁地问："怎么了？"

"先生，我没来得及早点告诉您。您不在家的时候，一位德布雷特先生打电话找您。"

"是吗？"阿特尔顿厉声说，"他再打电话，就说我要打爆他的头，知道了吗？只说这一句！"

罗金厄姆拉着格伦维尔走到大厅，男管家跟在身后帮忙穿衣，对主人的暴怒显得毫不在意。格伦维尔看到阿特尔顿说话时的表情大为吃惊，布鲁斯素日虽说暴躁，但在客人面前用这种方式回答仆人，背后必有什么大事。

罗金厄姆倒显得平静如常，边穿外套和围巾，边跟韦勒愉快地聊天。

"今晚天气真糟糕，"管家说，"雾又变大了。咱们这里本来雾气就很重，现在简直要被大雾完全湮没了，天气跟圣诞节时候一样冷啊。"

"是啊，韦勒，今天早上去墓地就冷得要命，"罗金厄姆回说，"希望阿特尔顿不会感冒。唉，真是糟糕！"

"是的，先生，我也十分难过。费尔是个开朗的小伙子，除了阿特尔顿先生，没有别的亲戚在乎这事儿，倒也省得报丧了。”

“你说得对，发电报给人吊唁够麻烦的。晚安，韦勒!”

“晚安，先生。您不打算坐出租吗?”

“不坐了，雾这么大，还是走路方便。格伦维尔，你呢?”

“可以的话，我和你一起走吧。这鬼天气!”

两人的身影消失在冰冷刺骨的白雾中，世界无比静谧，大雾似乎就是有这样的魔力，虽然这样的安静是路上车辆骤减所致。

“布鲁斯真是暴躁，安东尼·费尔的死让他很受打击啊。”罗金厄姆心不在焉地说，罗伯特·格伦维尔却有些激动地说:“我知道他很暴躁，不过我对他非常生气！为什么我要忍受他无休止的任性妄为？对，他是伊丽莎白的监护人，是在认真对待自己的职责，去他的，天知道我多想娶丽莎，她要是答应下来多好！布鲁斯为什么非要出面，阻止我们结婚？伊丽莎白又不是家里有矿，我不图钱，凭我的收入足够让她过得舒服了。我的钱，比伊丽莎白要多得多！布鲁斯到底对我哪里不满意?”

“他不是针对你，小伙子。他很喜欢你，只是伊丽莎白还年轻，布鲁斯可能觉得，应该在结婚之前，让她多看看外面的世界，不能年纪轻轻就被婚姻束缚住。”

两人起初沿着外环从帕克村南朝梅菲尔走去，罗金厄姆住那里。到帕克广场，两人转到马里波恩路，经过新月街，斜穿过波特兰广场和贝克街之间的街区。穿过马里波恩路时，格伦维尔突然大声说：

“简直可恶！伊丽莎白有自己的主意，布鲁斯就是不想让她安定下来。我讨厌她们那个女权主义者俱乐部。西比拉在现代喜剧和讽刺剧里能当个出色的演员不假，但她万万不该给丽莎这么单纯的女孩当榜样，看看她是怎么勾搭商人的！譬如，汤姆·伯勒斯，那个酷爱强取豪夺的大胖子！我喜欢布鲁斯，他要是通情达理些就好了。西比拉，和她的欲擒故纵，真正让人恶心！丽莎找人结婚，有自己的家，怎么都要比跟着这些又世故，又爱勾引男士，又假装是知识分子的女人厮混要好吧？”

罗金厄姆窃笑道：“我明白你的意思。不过我不想批判西比拉，她是布鲁斯的妻子，也是一名专业演员。不说她了。你刚说，你喜欢布鲁斯是吗？我现在很担心他，总觉得他有心事，所以才把你和伊丽莎白之间搞得这么尴尬。他的脑子可没法同时处理几个问题。”

“会是什么事？钱吗？——还是他刚才‘亲切问候’的那位德布雷特先生？”

“你对德布雷特知道多少？”

“不知道，有天西比拉光是提了一下他的名字，布鲁斯就大发雷霆。”

“哦，你要没什么事儿的话，去我家喝一杯，咱俩好好谈谈，怎么样？我现在有点困扰，你是个聪明人，帮我想想办法。你到底是个新闻工作者，也许能找到这家伙的信息。我不喜欢在大雾里聊天，感觉那位德布雷特先生像个孤魂野鬼一样正在身边游荡呢！走吧，去我家好好聊会儿。”

“好啊，我很乐意。我一直都想用文字记录你家房子，以它作为伦敦西区的历史建筑典范，这房子惊艳!”

“是很不错，不过我要是不能很快写出一部新戏，就要住不起了。见鬼！有人在跟踪我们，格伦维尔，你听!”

罗金厄姆抓住同伴的胳膊，停在原地一动不动。格伦维尔说:“对，我听到脚步声了，现在又没了。你在这儿等我一下。”

不待说完，他只身冲入迷雾，留罗金厄姆独自站在昏暗的路灯下，警惕地环顾四周。他虽身处繁华的伦敦西区，四周都是挂着绚丽招牌的摩登店铺，心里却传来阵阵紧张感。

他感到自己有些荒诞，便点了支烟，耸耸肩，直到格伦维尔再次出现在身边，他才真的松了口气。

格伦维尔说:“雾太大，没追上那家伙，真是玄乎。走吧，去你家坐坐，这种鬼天气里没法好好说话。”

15

罗金厄姆的房子不大，坐落在帕克巷、科尔罗斯街和牧羊人市场之间的交汇处。行至一处马厩改建的住宅尽头，穿过狭窄的拱道，才到他家入口。一个绿草如茵的小广场映入眼帘，前方矗立着方形两层小楼，以前可能是乡村别墅，或安妮女王统治后期某个庄园的附属建筑。这座美丽的小楼居然能在四周大兴土木的情况下幸存，伦敦的古董商们都对此充满好奇。小楼完好无损地立在那里，玫瑰红的砖墙，铺砌得整整齐齐的小前院，后花园里高耸的梧桐树，赋予了它庄重的贵族气质。在到处兴建现代公寓的当下，它还能屹立不倒，实属不易。

罗金厄姆和格伦维尔顶着雾气，从拱道下穿过，老旧的橡木门上边悬着方形灯，暗暗发着光，从扇形窗透出橘黄色的光线。

罗金厄姆打开前门，沿小楼梯径直走上二楼的起居室，四面都是墙裙。他一边招呼格伦维尔落座，一边在靠墙的桌边倒酒。

他突然开口说："我想说说那个神秘的德布雷特，无来由地讲他是有些突兀，不过我真的很想聊聊这事儿。你了解阿特尔顿，也希望他安稳度日，这对伊丽莎白也好，对吧？你能查出这个德布雷特是谁吗？他跟艺术展之类的有没有关系？"

格伦维尔摇头道："不知道，从没听过。你见过这家伙吗？”

“见过一面。有次，阿特尔顿不在，我接了一通电话。韦勒说有个叫德布雷特的人在电话那头骂骂咧咧的，要求立马给他答复，说必须跟阿特尔顿说话，一副天要塌下来的架势。我听德布雷特的口音，是个外国人。几天后，我和阿特尔顿一起往帕克村走时，身后又传来那个声音：‘请等一下，阿特尔顿先生，这都是为了您好。’那次我看到了他的样子，一个长相古怪的外国佬，留着尖胡子，戴副超大的老花镜，镜框几乎遮住半张脸。这家伙胡子花白，很是引人注目。我跟你讲这些，是因为我想查出这个德布雷特·约翰尼的身份。阿特尔顿不愿告诉我，每次一提这事儿，他就不吭声。格伦维尔，咱俩是老朋友了，相信你会保守好秘密吧。”

“这我当然知道。当初打探新闻的时候，要是说漏嘴，肯定要麻烦缠身。”他又点了一支烟，仔细端详皱着眉头的罗金厄姆。“你一直都很信任我，希望以后也是如此。再多给我一些线索和缘由，我很愿意调查这位德布雷特先生。”

“好，但目前只能靠猜想。阿特尔顿对这家伙如此神经过敏，又不告诉朋友怎么回事，很明显，他是被勒索了，或受到了什么威胁。真这样的话，按理说很好办，直接报警。有脑子的人都该懂这点，与其讨价还价，不如把勒索者直接交给警察，反正我是这么认为的。阿特尔顿一点儿也不说，所以我想自己搞清楚，帮他解决难题。现在一切都是未知，倒让人有些毛骨悚然——一个长胡子的外国佬，发出了严肃警告，感觉云里雾里的。我喜欢一切简单点，最恨这种见不得光的做法，简直不入流。”

罗金厄姆严肃的脸庞流出厌恶之情，格伦维尔不禁大笑。

“是，不过刚才在大雾里你可没这么镇定。伦敦向来古怪，我太知道了，警察又永远晚到一步。你想弄清楚来龙去脉，好帮他一把，那我就帮你去查。除了那家伙的名字，长着花白胡子，你还知道别的信息吧？”

“对，”罗金厄姆犹豫片刻答说，“这么多管闲事，不知道我会不会后悔啊。不过，再不能犹豫不决了。据我所知，那家伙在诺丁山附近有间工作室。上周，我出去吃了顿糟糕透顶的晚饭，去车站的路上，顺便进了家小酒吧，本想喝杯威士忌，也没喝成。那家酒吧叫‘圣殿骑士’，就在奥尔顿路附近。我进门的时候，看到德布雷特出去了。”罗金厄姆起身，走到炉火旁。

“知道为什么我不自己查他的底细吗？他可能住在奥尔顿路，查起来不难，问题是他见过我跟阿特尔顿在一块，还和我通过电话，能认出我来。要是他在自家附近发现我，怕是一溜烟就跑了。他没见过你，你跟他接触，不会引起怀疑。”

“有道理，”格伦维尔赞同道，“我愿意。你说了，找到他的信息应该不难。假设我找到他了，该怎么做？装熟人？”

“不不不，我只想知道他在哪里出没。插手这档子事就是自找麻烦，我本该置之不理的，但我又太关心布鲁斯了。他既聪明，又有学问，就是爱发脾气，像个没长大、需要人照料的孩子。要我说，千万别跟那个叫德布雷特的家伙直接接触，他看起来就不好惹。我素来不爱疑神疑鬼，但是到了不得不跟这位德布雷特先生打交道的地步，我肯定先把钱包藏好，带上棍子去见他。假使你因我受了伤害，我可过意不去。”

“再给我办场葬礼，请伊丽莎白为我洒上玫瑰，绝不要一枝紫杉！[①]”格伦维尔开玩笑道，“别担心了，我能保护好自己。所以，当务之急，是找到那个家伙的住址？”

“对。这对你也有好处。尽早解决德布雷特的事情，说不定布鲁斯就愿意把伊丽莎白嫁给你了。我会尽我所能跟你一起调查，布鲁斯现在十足的神经过敏，跟他说什么都没用。”

“真是谢谢了。对了，我发现什么的话，何时来跟你报告？听你说过几天要去巴黎。”

---

① 此句出自英文诗歌《安魂曲》（Requiescat）：Strew on her roses, roses, and never a spray of yew. 意为：用玫瑰花、玫瑰花覆盖伊，却决不要一枝紫杉！

“是，18号，星期三，去看一部莫德滑稽剧的首映式。我会离开一周到十天左右，确定了告诉你。你到时写封信告诉我就行，不必着急。布鲁斯也要去巴黎，要不就等我们都回来了，再开始调查。”

尼尔·罗金厄姆的声音透出一丝犹豫，惹得格伦维尔大笑：“你说等，我岂有说不的道理？这么优柔寡断，不像是你的风格啊。”

“这事儿也让我有些神经过敏了，把你牵扯进来，不知道是不是一个错误。总之，千万不要给自己惹上麻烦！”

“我知道。只是找到那家伙的地址，没什么可危险的。相信我，不会搞砸的。”

“好样的，再喝一杯？”

“少来点，我还得走着回法院巷。这鬼天气，什么车都叫不上。改天来我家坐坐，我们那里不像这儿都住着有钱人，但邻里街坊都很有趣。我家在舰队街，屋前还有草地呢。”

“真棒！伦敦真是个有趣的地方，处处充满未知和惊喜。我回来就去找你。”

“好的，谢谢让我参与到这件事情里，我很乐意去做。晚安！”

“那太好了，不过要记住，这不是闹着玩的！”

“知道，我多谨慎啊！哎呀，这个天气！”说话间，他一头扎进了浓雾里。

第二章

两天后，尼尔·罗金厄姆去了巴黎，当晚格伦维尔就开始着手调查德布雷特的住址。

与罗金厄姆说完话的晚上，格伦维尔顶着大雾回家，一路绞尽脑汁地思索。事情显然很不寻常，阿特尔顿最近也确有些怪异。3年前，格伦维尔第一次见到布鲁斯，那时的他还算是个乐天派人士，除了为人有点刻薄，但还算好相处，总能给人带来欢笑。现今的他，全无往日的好脾气，变得易怒，总是绷着一根弦，跟他交往成了折磨，连带他妻子都开始厌恶他的无端挑剔。格伦维尔善于观察，也很聪明，他猜测帕克村南的那幢高级别墅是靠西比拉的收入维持，因为布鲁斯·阿特尔顿的作家事业早已江河日下。他出过两本畅销书，然后便江郎才尽。看来年少成名也不见得是件好事，还是一步一个脚印走得稳当，格伦维尔心想。

不过，在伊丽莎白的婚姻问题上，阿特尔顿何必如此冥顽不灵，她都19岁了，怎么可能还不知道自己想要什么。现在的年轻人，早就知道如何规划生活了。格伦维尔自己，30岁，正值青壮之年，又深爱着伊丽莎白，是再完美不过的结婚对象。唉，再等两年吧，伊丽莎白一成年，就不必再受监护人管控了。但是，整整两年，太漫长了！格伦维尔可以预见，两人结婚的概率只会越走越低。

他在浓雾中朝东走去，不禁在想："这事对我有什么好处？"如果爱情和战争中一切都是公平的，那么他的胜算有几成？或许可以用这件事化解布鲁斯的固执，让他放下监护人的特权？格伦维尔素来头脑清晰，为人正派，爱情让他有些头脑发热了，所以他现在很是蔑视谨慎过头的老家伙罗金厄姆。两人谈话的时候，他没有想到，布鲁斯许是受人勒索了。现在这个声音在他心里疯狂暗示，让他感觉自己距离真相已经越来越近。他又想，这个可恶的监护人制度，压根就是奴隶制的残留，一个人自己还在受人勒索，哪有什么资格担任监护人。

"算了，调查一下也没什么坏处，"格伦维尔自言自语道，"说不定都是些无稽之谈。也许只是有人跟阿特尔顿索要赌债，恐吓着让他还钱。费尔的死把罗金厄姆给吓坏了，他现在只是自找麻烦。"

晚上躺在床上，格伦维尔又不得不承认，罗金厄姆素来镇定自若，不是容易惊慌失措的人。

星期五晚，格伦维尔跟诺丁山门站的报贩问路，寻着圣殿骑士去了。小贩显然是个酒吧通，格伦维尔一眼就能看出来。照着人家的精确指示，他也是走了好久才到这家位于莫宝莉山上的酒吧。天气极其恶劣，暴雨夹着风雪袭来，格伦维尔用雨衣包住全身，嘴里叼着烟斗，在人烟稀少的诺丁山小路上一边骂骂咧咧，一边艰难前行。到莫宝莉山，他发现这里的街道宽阔安静，用房屋中介的话来说，是“一流住宅区”。灰泥粉饰的外墙显出素净，小花园美丽迷人，绿荫如盖，酒吧在这里肯定是格格不入。格伦维尔知道，这片街区确有不少工作室。肖像画家吉廷斯在伯顿山附近开了一间大工作室；乔治·克兰普顿老爵士在同一条路上住过；电影制片人德莱尼住在伯顿广场。格伦维尔感到不解的是，罗金厄姆到底为什么会认为那个外国佬是艺术圈的人。

四下毫无酒吧踪迹，格伦维尔倍感沮丧，突然，一家不起眼的小酒吧映入眼帘，招牌上赫然写着“圣殿骑士”。它似乎不该出现在这里——外观全无酒吧的味道，与普通住宅无异。屋前坐落着小花园，摆出几个不大不小的招牌，推荐店里的啤酒。

一进酒吧，格伦维尔很快改观，这间酒吧自有其魅力所在。两杯威士忌下肚，他已然爱上了这里。酒吧里的人形形色色，几个身着礼服的男人在激烈争论，几位看似富商的人跟像是赌注登记经纪人的家伙正讨论赛狗，还有一位旧套衫配过时大衣的高个子男士，显示出不凡的气度。格伦维尔跟这位男士主动攀谈，说起租工作室的话题。他深谙艺术家的说话之道，很快就融入其中，然后自然地提起德布雷特的名字。他几乎可以确定，此人常在附近出没。这时，跟他谈话的画家瞬间竖起眉毛。

“德布雷特？那个雕刻家？你朋友啊？”

“嗯，算是，朋友的朋友。”格伦维尔回答。

“古怪的人，住在一个鸟地方。我要是住那种地方，不如喝酒喝死算了。”

“那他到底住哪里呢？我想去拜访一下。”

“我天，那地方，你肯定受不了，有人管那儿叫‘停尸房’。当工作室来用倒也不错，但那鬼地方很让人不寒而栗。我不知道楼是谁建的，大概是什么邪门歪教的信徒用来供奉救世主的，反正肯定是个富得流油的家伙。90年代那会，教徒们会来这里做礼拜，后来也不知是教派消失，还是没资金支持，那里被遗弃了。再后来，有人花钱买下，改造成工作室，又大又贵，也就偶尔有人住住，慢慢荒废得不像样子了。我敢肯定它已经卖出去了，等几个月就要拆掉建公寓楼。梅丽珊蒂（酒吧女招待），在那个古怪的雕刻家接手前，谁是‘停尸房’上个主人？”

“莱斯特威先生，”女招待回答说，“他很不正常，有人专门告诫我，别给他上酒，说他总是疯疯癫癫的。”

“对，莱斯特威，在那个鬼地方上吊了。走到底有一座塔楼，里面还住着猫头鹰和蝙蝠，多瘆人！”

“真有趣，”格伦维尔回答道，“德布雷特呢？也疯了？”

“既然他不是你朋友，我就实话实说了。他从钟楼里把蝙蝠赶出去，打算在那干一番事业。他想找个空间大的地方，那里还真够宽敞，里面能坐50个人，但是雨天可就遭殃了，到处漏水。他说是，工作的时候用防水布把黏土盖住就行。”

“听着他脑子也不太正常。”格伦维尔说。

画家回道：“我是这么认为的。你自己去看看，不会失望的。出酒吧朝右拐，别迷路了。”

“谢谢，我去看看，”格伦维尔说，“我也觉得不会白跑一趟。”

付过酒钱，换上外套，格伦维尔带着愉悦的心情离开，走进寒冷潮湿的黑夜。他的大脑不停转动，整理思绪。布鲁斯·阿特尔顿是作家俱乐部的重要成员，美丽的西比拉的丈夫。“钟楼蝙蝠”雕塑家和他之间能有何联系？格伦维尔脑中闪过一个问题：这位雕塑家会不会只是与罗金厄姆所说的外国佬德布雷特同名而已？

“看来得亲自跑一趟。”格伦维尔喃喃自语着，右拐向前走去。

这条路比莫宝莉山路宽阔，种满梧桐树，很快就看到了刚才那位画家所述的建筑。在伦敦西区霓虹灯的映照下，一座荒颓的塔楼矗立于昏暗低垂的夜幕中。凸悬于塔楼边角上的滴水兽直面肆虐的夜雨，主楼长长的房顶在夜空中一片漆黑。

道路两旁布满整齐的高档房屋，让这座古怪的建筑更显诡异，它是号称“停尸房”的地方，有人在里面的横梁上吊自杀过啊。格伦维尔看着这个暗黑的庞然大物，感到莫名的恐惧。“见鬼！”他自言自语道。但是，既然已经到了这里，他决心不被这团黑影吓倒。他走到铁门前边，大门两侧立着两根大石柱。一伸手，门顺势开了。格伦维尔径直进去，沿石板路向上，走到一处爬满常春藤的拱门，显然多年都未曾开启过了。沿着长厅旁边的小路往下，发现道路尽头的一扇窗户透出灯光。一边继续往前，一边在心中编造托人给朋友制作半身雕像的借口，直直走到那扇窗户下方的门口。地上放着空牛奶瓶和垃圾箱，说明屋内有人居住，这让他略微镇定了一些。牛奶瓶，多普通的小物件，说不定这家伙根本就没疯。他回头望向灯火通明的街道，听见警员铿锵有力的脚步声，耳边传来出租车驶过的汽笛声，不禁嘲笑自己刚才大惊小怪了。不过，“伦敦从来都不缺怪事”，他喃喃道。格伦维尔不由得庆幸自己随身带了棍子。他抬起手，拉了下铃链。

听到屋内的铃声，格伦维尔心都要跳出来了。他知道自己很荒谬，可这地方说不上为什么，处处显示着怪异。里面的石头地板传出脚步声，然后门上方开了一个口，光线照在格伦维尔的脸上。他看到一团黑色——那是一个人的头，不过是侧着的，无法分辨出样貌。

“有何事？”

透过小口传来的说话声带有明显的外国口音，格伦维尔的心不禁提了起来。

“请问是德布雷特先生吗？朋友托我找您制作一个半身雕像。”

“你朋友是哪位？”

“马丁。不知您是否有空。外面也太湿了，这么让我站着，是把我当成送爱心的闲人，还是喜欢看我出糗？”

格伦维尔声音中的咄咄逼人反而令对方开心。他笑笑，友好地说：

“您请见谅，这里就是破破烂烂的。稍等，这就开门。我一个人住，不得不小心些。”

门闩一阵响动，门开了。屋内只悬着光秃秃的灯泡，格伦维尔在灯光下看到一个男人的身影。他有胡子，戴着一副超大眼镜。接着，意想不到的事情发生了。男人一抬手，一杯威士忌苏打酒直接泼向格伦维尔的脸庞。格伦维尔赶紧摇晃着后退，突如其来的攻击令他措手不及。

“回去告诉你的朋友阿特尔顿，让他去死！”尖胡子男人在门口厉声喊道，“还有你，赶紧滚出去，魔鬼的仆人！”

这人狠狠咒骂完，砰的一声关上门，把格伦维尔留在雨夜中，威士忌顺着衣领流下。他两眼冒火，气得要发疯了。门上的小口关闭前，他还听到一阵笑声。气急败坏的格伦维尔猛踢那扇门，好宣泄怒气。

大门传来一阵低沉的说话声，他毫无意义的攻击被迫停了下来。

“怎么回事？站那儿别动！”

警员走了过来。格伦维尔找出手帕，擦了擦眼睛。

“里面有个混蛋朝我泼了一杯威士忌。”

“你最好说清楚，”警察严肃地问，“要起诉这人吗？”

格伦维尔开始冷静下来。毫无来由的攻击让他不知所措，但今晚发生了这么多事，给警察再误解自己可就麻烦了。

“对不起警官，我错了。有个恶心的家伙，把酒全向我洒过来，我一时有点失控，看来喝威士忌还是得找对地方啊。警官，您要是不信，可以闻闻我的外套。这么害我，那混球居然还能笑得出来。您遇到这种事，是不是也得生气？”

“哦，那确实，”警察板着脸说，“你们这些艺术家，都是这个样子！赶紧回家，睡一觉就好了！”

格伦维尔不由笑了出来。

“我真是个该死的傻子！你说得对，警官，不过这种事难免让人心中不快。”

他跟随警察走出小路，紧紧关上大门，两人相对站在人行道上。

“先生，请直接回家吧。”警察规劝道，目送格伦维尔大步离开这个屈辱之地。

第三章

尼尔·罗金厄姆并未在巴黎久作逗留，一周以后就回到了位于梅菲尔的小房子，到家第一件事便是给罗伯特·格伦维尔打电话。接到电话的格伦维尔满心欢喜。

“回来了啊，真好！我有消息要告诉你。现在是不是可以开始全面调查了？咱们当面聊聊？”

“好，来我家吧。我给你凑合做点吃的，咱们随意点。差不多半小时后见？很好！”

格伦维尔6点到了查令十字车站，大约7点已经坐在了剧作家罗金厄姆家里。后者几近突兀地直接问道：“查到德布雷特什么消息了吗？”

“嗯，查到了一些。我说之前，能不能告诉我，在巴黎见到阿特尔顿了吗？”

“没有。真让人担心啊，格伦维尔。他在布里斯托尔酒店订了房间，结果没来。我打电话问西比拉，阿特尔顿是不是改变行程了，她说没有。阿特尔顿不在巴黎的话，她也不知道他能去哪儿。”

“我明白了。我敢打赌，他没去巴黎。”

“为什么这么说？”罗金厄姆正准备用火柴点燃烟斗，听到格伦维尔的话，一晃神，不小心烫到手指。他不禁咒骂出声，把火柴扔得远远的。

“说来话长，从头开始说吧。”

格伦维尔话锋一转，讲起他去圣殿骑士酒吧的所见所闻，还有随后寻找雕塑家的经历。说起在“停尸房”门口被人出其不意泼了一杯威士忌，他不住地放声大笑，不过罗金厄姆并没有附和，依旧愁容不展，格伦维尔又继续讲下去。

“第二天睡醒，我还是特别生气。想起那个混蛋在门口得意大笑，觉得一定得跟他算账。”

“你不该率然闯进去的。”罗金厄姆突然端起架子说。

格伦维尔立刻起身，表示严明抗议。

“喂，你再这么跟我训话，我就走了，你自己看着办。不要想着我会一切都完全照你说的办，既然让我去趟这浑水，就别指望我跟个自动留声机那样，随时一关机，就忘了唱片内容。是你让我参与进来的，但我也要用自己的方式来办。看不惯就直说，我什么也不管了，你自己想办法！”

罗金厄姆急忙道歉，“对不起，格伦维尔。我就是太担心，说错话了。你想怎么办，就怎么办。”

“嗐！我那不算贸然闯入，”格伦维尔说着话，方下巴向上翘起，露出咄咄逼人的气势，但那张大嘴却难掩笑意。“考虑了一下，第二天我还是决定去拜访这个可恶的德布雷特。睡了一晚，我可是精神抖擞，带个胡椒罐就往‘停尸房’走了。到那儿看见一个戴圆顶毡帽的年轻人从门里出来。‘请问您找谁？”他说这句话的时候，像门帘一样直挺挺地挂在那里。我说想找朋友德布雷特，他说，‘哦，他走了。昨天租期到了，也没留下其他地址。’‘真遗憾’。”我不想让房屋中介跟着我，说完便朝大门走去。在附近巡查了一番，又回到‘停尸房’。这地方有种莫名的魔力，让人总想进去一探究竟。仔细勘察，我发现有一扇通向煤窑的暗门开着，直接跳了下去。我就不细细描述了，你可以回头自己去看。我进到煤窑，里面脏脏乱乱的，可是角落放着一个漂亮的皮箱。我没经主人同意，擅自打开看了看，发现一件有意思的事情。原来啊，那是布鲁斯·阿特尔顿的手提箱。”

“见鬼了！”罗金厄姆从座位上跳得老高。“天哪！你还不明白吗？可怕的事情发生了！！苍天呐！格伦维尔，这不是开玩笑！”

“冷静点，老头子，”格伦维尔回答道，“现在需要保持头脑冷静，不然可会坏事的。”他淘气地咧嘴一笑。“我不知道布鲁斯在谋划什么，但他肯定在搞鬼，你给他查出来，他绝对不会高兴。我常想，西比拉老是对布鲁斯吹胡子瞪眼的，布鲁斯可能会因此在外面乱来。”

他直视着罗金厄姆，发现对方满脸涨得通红。“我反正是这样想的。我跟布鲁斯都不像你这样好脾气。总之呢，手提箱里所有东西都收拾得整整齐齐，有睡衣、洗漱包之类的，一份《伦敦信使》报纸，还有护照，装在箱子口袋里。我敢肯定他没去巴黎。他这计划很完美，对不对？”

罗金厄姆弯下腰，有些过分用力地在壁炉架敲了几下烟斗，素日里高扬的眉毛皱着沉思。他用忧虑不安的眼神看向格伦维尔，说话的声音也放低下来。

“是的，很完美，”他的声音中透出干涩，“格伦维尔，这事必须调查一下。我没有看错你。你只是表面轻率，而我也没表面那么吹毛求疵。照现在的情况，很可能出大事了，老天保佑啊！你上周六已经闯进那该死的地方去了，对吧？既然去过了，我们不妨再去一次！”

“没问题，”格伦维尔回答说，“不过最好把事情都说清楚。首先，你打算报警吗？”

“不，”罗金厄姆低沉的声音非常坚定。“除非有了进一步发现，到我俩没法处理的地步，那时再报警。别误会，我是遵纪守法的好公民，不是半吊子白痴，不认为业务爱好者也能搞定刑事调查。但是，首先得确定有案可报。假如布鲁斯只是在瞎搞，咱们最好别暴露太多内情。”

“完全、彻底同意。那我直接问了，你对这个德布雷特了解多少？”

罗金厄姆正视格伦维尔探寻的目光。

“除了告诉你的信息，别的都无从得知。在酒吧里碰到过他一次，在电话里听过他的声音，别的布鲁斯什么也没说。”

“好吧，现在说说怎么潜入‘停尸房’。”格伦维尔从口袋里掏出一把笨拙的大钥匙。“这是‘停尸房’的钥匙。我做了一点小调查，觉得最好找个合法的方式进去。这点我和你一样，还是要遵守法律和秩序嘛。那天我爬出煤窑，去了附近最出名的房屋中介。记得我跟你说过吧，这地方的租约马上到期了。几个月后，那地儿要拆除。不过，几个月的时间对我们来说也老长了。租约一到期，现在的租户恐怕随便几块钱就把房子转让了。这房子把中介烦透了，能挣点佣金算一点，所以很爽快就把房子租给我了，每周一镑，租期三个月，我自己收拾打理。我的亲娘，真把我高兴坏了！我预付了12镑的房租，就当是做好事。你信不信，为了等德布雷特，或者布鲁斯·阿特尔顿来取手提箱，我晚上就凑合睡那儿了。看我是不是考虑得很周全？”

“是很周全，”罗金厄姆平静的语气里有掩饰不住的感激，“格伦维尔，我要再次为之前的话道歉。你一直都极其得体和理智。不过我想，要是你听了警察的话，起诉德布雷特的无端攻击，现在可能已经找到他了。”

“你知道吗，我也这样想过，”格伦维尔赞同道，“但真是太难办了。你警告过我，别说太多废话，我也不想你回来以后怪我小题大做。而且，我到现在也不知道布鲁斯到底在搞什么鬼。如果说德布雷特知晓布鲁斯在外风流的秘密，那布鲁斯就该感激我没把这个家伙扯进来。再说，我也得为自己考虑。说到底，我没有理由掺和这事儿。我本来是编个借口去拜访那家伙，结果居然变成这样。当然我也得反省一下，当初或许该找个更好的理由跟他接触。”

罗金厄姆起身，说：“不用再说‘如果’了，你做得很好，把那个鬼地方租下来是个好主意。对了，你是怎么处理煤窑入口的？”

格伦维尔露出调皮的神情。“我走之前把口封住了，”他说，“我住那边的时候，就把门开着，用水桶做了个小陷阱，一旦有人闯入，我立马就能知道。要说，睡那儿还真是毛骨悚然。”

“我天，肯定的啊！”罗金厄姆高呼道。“没关系，以后我们两人一起出动。去吃点东西吧？我先说清楚，就是凑合吃吃。我从不在家里留用人，太麻烦了。就只找了个农妇，每天早上来做家务。谢天谢地，她基本上从不跟我说话，我们真是天生的主仆！”

他把格伦维尔带到楼下餐厅。这座房子每层只有两个房间，餐厅面积也很小。两人很快坐定，开始用餐。罗金厄姆用的是从福特纳姆和梅森公司买来的餐盘，搭配顶级的德国葡萄酒，味道无可挑剔，所以格伦维尔对这顿饭相当满意。

格伦维尔又要开始谈论“德布雷特事件”，罗金厄姆摇摇头。

“看在苍天的份上，让脑袋休息会儿吧。老实说，我跟你一样困惑，但猜来猜去没用。我们能想出无数个可能性，每一样又都缺少依据。先别想了，等到那鬼地方再说。”

“确实是个不折不扣的鬼地方，”格伦维尔笑说，“那地方荒废得很，屋顶到处漏水，墙壁长满绿色霉菌，那么一个潮湿发霉的地方，却透出庄严神圣，真是怪吓人的。”

“好了好了，”罗金厄姆有些不满地说，“别在我身上浪费你的新闻才华了，想展示你的文学功底，还不如教我怎么把勃朗特的作品改编成戏剧。”

格伦维尔狼吞虎咽地吃下美味的鹌鹑，斯蒂尔顿奶酪也是顶好吃，但他吃太快了，没能细细品味。罗金厄姆拿出陈年白兰地，倒进威尼斯高脚杯，格伦维尔不禁深吸一口酒香。他想，大概罗金厄姆希望一杯好酒能使自己恢复从容不迫。罗金厄姆傲慢的外表下，藏着难掩的担忧之情，倒显得格伦维尔比他还擅长掩饰不安。

罗金厄姆几口喝完，说:“咱们打个车到诺丁山门，再步行过去，最好别开车。把车停在附近，容易引起别人注意。”

“把你的拉贡达放在‘停尸房’外，势必会引起注意的，”格伦维尔慢悠悠地说，“反差太明显了嘛。”

他们到了诺丁山，天气晴好，迈着大步穿过安静的街道。到达莫宝莉山，罗金厄姆看到塔楼角落的滴水兽，不禁惊叹道:“天哪！要不怎么说伦敦多的是怪事！这东西要是出现在空荡荡的林地里，得有多吓人!”

格伦维尔轻快地说:“不过它是在诺丁山，大白天可以看得清清楚楚。这是个风格混乱的维多利亚时代哥特式建筑，融合了东方特色和廉价的拜占庭装饰。这边走，老头，小心脚下！这儿的路很不平的。”

格伦维尔打开门进去，摸索开关的位置。5天前，他便是在这里遭到严词拒绝。罗金厄姆环顾四周，看到上方的拱形门廊，屋顶原本印着东方式图案，现在已经变色发霉了。格伦维尔关上沉重的门闩，猛然推开门廊另一面墙上的大门，按下内里的开关，说道:

“好，就是这里了！我从未想过能拥有自己的工作室，更别说这么大的了。”

罗金厄姆立在门柱旁，仿佛石化了一般。

“天哪！”他惊叫道，“我的天啊！”

屋里处处透着诡异。两盏电灯泡高悬屋顶，毫无遮蔽的光线照亮了大厅每个角落。地板上散落着雕刻的残留物、大理石碎片、黏土土块、未完成的模型，还有脏兮兮的包装材料，立着几个古老的模型架和仿佛喝醉酒的画架，一张歪七扭八的野营床，一半被斜挂在杆子上的破窗帘遮住。一面墙上还有一个肮脏的水槽。在另一端低矮的平台上，摆放了一架又大又破的旧钢琴，在地板中央上方安装了防水布，用绳子系着固定在侧墙上。从平台另一侧可以看见昏暗的半圆形壁龛，格伦维尔打开灯，从头顶横梁的黑暗中传出翅膀颤动和鸟儿受惊的叫声。

“真是完完全全、彻彻底底的见鬼了！”罗金厄姆说，“我从没见过这么可怕的地方。小伙子，你不会真睡这里了吧？！”

“嗯，是啊，”格伦维尔答道，“是在这儿过夜了。我想着万一德布雷特要回来的话，很可能是晚上，而不是白天。我跟你保证，我不是神经病，可这个疯里疯气的地方就是能吸引我。你看，那边有煤气灶，有水，还有个炉子，就看你想不想用了。这些都算是现代化的便利设施。还有厚脸皮的叫花子，成群的老鼠，不知道从哪儿溜进来的猫，栖息在房梁上的鸟，塔楼里的猫头鹰，让这里充满田园气息。我自己带了毯子，野营床看着还算干净，屋顶漏水也没那么严重。”

罗金厄姆在散落着杂物的地板上踱来踱去，不无恐惧地左右张望。

“任是谁能住在这地方，我都感觉不可思议。”他说。

格伦维尔回说：

“你可真是个享乐主义者，梅菲尔那种高级的地方把你惯坏了。我在巴黎见过许多比这还要糟糕许多的工作室。我是真希望有一大笔钱，把这地方买下来，好好装饰一番，肯定是个很棒的居所！跟你说，有天晚上我可是吓了一跳。那架钢琴已经生锈得面目全非，大部分琴弦都断了，我刚一关灯，一根低音琴弦突然“嘣”得一声断开，呵！太惊人了！刚开始，像是手枪子弹那么响亮，然后是琴弦弹回的颤动和嗡嗡声，引得所有琴弦不断发出回声。钢琴的制音器全坏了，所以整个钢琴发出了各种嘈杂的声音。接着，猫开始嚎叫，惊醒的猫头鹰也发出尖叫。真是精彩非凡，仿佛听了一场邪魅的音乐会。”

罗金厄姆摇摇头。“我从没想过自己竟是个懦夫。我好歹也亲历过战争，但我宁愿忍受一整夜的轰炸，也不想在这里过夜。太可怕，太惊悚了！”

“乱说！很多人都在这里生活和工作过。外国佬都不害怕，我有什么可怕的？其实，床安在法衣室里，也可能是礼服间或是大祭司的房间——就是那边的小房间。不过，我还是喜欢待在外面，你懂的。”

他带罗金厄姆穿过大厅，推开一扇门，通向高度不及主楼一半的小房间。“这里就是中介所说的卧室、浴室和小厨房，还有浴缸，以及各种各样的东西。地窖的楼梯在这儿。”

他停下来，回头瞥了一眼。

“要把灯关掉吗？不然外面的人就发觉我们的秘密了。”

“不要紧，”罗金厄姆说，“我想仔细打量一下这地方，不开灯可没法看。管他外面有没有人看见！”

格伦维尔说：“真希望布鲁斯·阿特尔顿也能表现得跟你一样勇敢。我看你已经认定，发生了什么可怕的事。”

“我忍不住要这样想，好孩子。这样奇怪的地窖里，放着布鲁斯的手提箱，我想不出能有什么正当理由。德布雷特又逃走了，事态更显严重了。”

“乱说，你怎么知道不是布鲁斯自己搞鬼？我很谨慎的，一点没动手提箱。台阶在这儿，下面没有灯，得把手电筒带上。”罗金厄姆走向格伦维尔所指的门，打开手电筒，照亮通往楼下的石阶，向下走去。格伦维尔提醒道：

“小心台阶，很滑的。见鬼！那是什么？”

两人身后的大厅突然传来东西跌落的声响，格伦维尔转头盯着那边：“该死！就一扇门，我已经锁上了，不可能有人进得来。”他三步并作两步，快速穿过小房间，冲入大厅。突然，所有的灯都灭了。

罗金厄姆站在楼梯底部，大声喊着：

“别跑了，等我，傻子！”他的声音被上方传来的一声巨响淹没。下一刻，灯又诡异地全都亮了起来。

罗金厄姆心怦怦狂跳，一个箭步冲上去，不小心被发霉的楼梯滑倒，直接单膝跪地。他恨恨地咒骂了一声，起身来到大厅，看见格伦维尔坐在地上，手摸着发红的额头。

“哪个混蛋，”他嘟哝道，“趁黑用球棒打我的头，跟我那晚给伊丽莎白说的一模一样。”

“听着，别再提那事了。”罗金厄姆不无厌恶地说。他弯腰查看格伦维尔的伤势，起身怒视这间凌乱的工作室。只有他们俩孤零零的待在中间，进来的门仍然紧闭着。他接着说：“我不信鬼，该死的，肯定有人在这！我一定要把他们找出来！”

“当然不是鬼把我打晕的。”格伦维尔愤愤地说，挣扎着站起来。“老头子，带酒了没？我现在眼前还冒星星呢。”

“白兰地没用！”罗金厄姆厉声斥责道。他操着格伦维尔素来厌烦的说教语气说：“待着别动，头不晕了再说。我用冰水帮你敷下脑袋。那个水龙头里的水能喝吗？”

格伦维尔露出虚弱的笑意。“水！”他用厌恶的语气抗议，“用水，嗯，你真是个笨蛋!”

“我只能给你水。头受伤了再用烈酒，就是二次伤害。告诉你，我可学过一点医的。”

他走到水槽边，把手帕浸在水龙头下，人也慢慢冷静了下来。格伦维尔还觉得恶心和发抖，有气无力地笑笑说:“灯再灭的话，你打算怎么办?”

“我盯着开关呢，不可能的!”罗金厄姆驳斥道，“我说过了，我不信鬼。灯会灭，是因为有人关了！拿好手电筒，保持头脑清醒!”

他带着湿手帕和装满水的杯子回来，熟练地给格伦维尔包扎头部。

格伦维尔感激地喝下冰水，不禁想:“他没我想的那么胆小。遇到危险，倒是很镇定自若。哎呀，我的头，真是晕得可以!”

罗金厄姆彻底检查了一遍，发现共有三扇门——一扇通向门廊，一扇通向卧室和小厨房，另有一扇通向塔楼。门廊和塔楼的门上都安着门闩。格伦维尔从外面看到的西侧大门，爬满常春藤，里面用木板封着。袭击格伦维尔之人唯一可能的出口是地窖，但灯熄灭时罗金厄姆就在那儿。查看一番，他发现格伦维尔用桶和锡盘做的机关毫发无损。居然有人能完全悄无声息地从那边出去，真是不可思议！

格伦维尔过了一会儿站起来，跟罗金厄姆一起四处查探。罗金厄姆越看越恼怒，翻完橱柜，又使劲儿抖动满是蜘蛛和飞蛾的窗帘，可惜一切都是徒劳。格伦维尔看到素爱干净的罗金厄姆趴在肮脏的地上，顾不得保护裤子，伸手扯野营床下面的靴子，便不由大笑。这靴子颇有些年头了，里面除了甲虫，什么也没有。

“亏你还能笑出来！”罗金厄姆咆哮道，“找了半天，一无所获。一定有暗门或者什么机关，只是我们还没发现。不要坐以待毙，咱们去报警。”

“好好好，这是你的事。”格伦维尔回答说，“说实话，我想先抓住那个身手利落的人。这家伙已经第二次对我下黑手了。”

“有我在这，就不会有第三次，”罗金厄姆驳斥道，“我要把手提箱拿走。没必要把它留在这儿被坏人利用，也省得警察盘问的时候，显得我俩跟白痴一样。”

“你确定箱子还在，没从你眼皮底下消失吗？”格伦维尔提醒道。

罗金厄姆咒骂一声，冲到楼梯。不一会儿，提着手提箱回来了。

“重得离谱，”他抱怨道，“老天保佑我们能找到出租车。我最烦拖着东西走来走去。走吧，格伦维尔。这破地方我一刻也不想多待。”他们锁上门——格伦维尔坚持称之为“法衣门”。回到门廊，两人关上大厅的灯，格伦维尔对着黑暗大喊：

“该死的德布雷特，耍了我两回，等着，看我怎么报仇！”

第四章

尼尔·罗金厄姆做事雷厉风行，决心尽快将此事全盘报告警察；同时他又是个一丝不苟、深思熟虑的人，采取行动前，他想跟西比拉·阿特尔顿取得联系。然而，韦勒告诉他，西比拉开车出城了，也没说去哪儿，丽莎小姐在密涅瓦少女俱乐部。说完这些，韦勒开始询问起阿特尔顿先生的消息：罗金厄姆先生在巴黎见过他吗？知道他何时回来吗？阿特尔顿的律师正急于和他取得联系。罗金厄姆很抱歉无法提供任何消息，又询问了阿特尔顿律师托德伯里的住址。

家里扑了个空，罗金厄姆又忍不住给托马斯·伯勒斯打电话，结果那家伙也开车出城了，也没说去什么地方。

罗金厄姆的第三个电话打给密涅瓦少女俱乐部，找伊丽莎白·莉。她是个爱赖床的家伙，接电话时还在卧室里睡着。

“哎呀，我真是太棒了！上次的比赛，我提出的尸体处理办法赢了奖，完全是压倒性的胜利！”得知来电者的身份后，她急不可耐地炫耀着，“我们激烈地争辩了好一阵子呢。你能不能告诉我，尸体埋在土里，多久才会彻底腐化呀……”

“不，不能！”罗金厄姆高声回答，“听着，伊丽莎白，能告诉我西比拉在哪儿吗？我有急事找她。”

“这么着急，怎么了呀？抱歉，亲爱的，我无能为力，我也不知道西比拉在哪儿。她说是去疗养，可能是去整容了吧，千万别说是我说的啊。你知道鲍比[①]去哪了吗？我打了三回电话，人都不在，怎么能这样对人家？下次见面有他好果子吃。”

罗金厄姆挂了电话，又立刻打给位于林肯菲尔兹酒店的托德伯里、韦瑟和古德柴尔德事务所。他刚向托德伯里先生自报身份，那位绅士就大声说：“很高兴接到您的电话，罗金厄姆先生！您能告诉我，我的委托人布鲁斯·阿特尔顿先生在哪儿吗？我有急事找他……”

“我理解您的意思，”罗金厄姆回答说，“可我也不知道他在哪里。我在想要不要报警，所以先问问您的意见。”

托德伯里先生卓有学识，但已年过古稀，罗金厄姆的消息令他大为震惊。他感到犹豫不决，此事完全超出了他

---

① 罗伯特的昵称。

的权限。不过，他不赞成过早报警，也许阿特尔顿的消失还有其他理由……

罗金厄姆打断了他的话。“也许有，但是经过昨晚的事，我不想干等着什么都不做。再说，你不是着急要找他吗？”

“是，”律师扶了扶夹鼻眼镜，“您知道阿特尔顿的叔祖父亚当·马香先生吧？他是家族的一家之主，年纪很大了，健康状况岌岌可危，可以说时日不多了。他希望能见见阿特尔顿先生。”

“哦，现在恐怕没法满足他的这个愿望。”罗金厄姆不耐烦地说，“能给我一些关于报警的建议吗？无论如何，我心意已决。”

托德伯里给他出了个好主意，所以罗金厄姆没有按照最初的计划直接去万恩街警察局，而是去了伦敦警察厅。他被带到一间俯瞰维多利亚堤岸的小办公室，见到了麦克唐纳总督察，向这位瘦长脸的警官细述了事情的来龙去脉。

麦克唐纳让他只讲述掌握的第一手资料，因为其他人还会补充各自的信息，但罗金厄姆仍是一字不落地讲完。罗金厄姆是位成功的剧作家，他的观众可比眼前这位长下巴的苏格兰人容易打动多了。他有种奇异的感觉，仿佛自己完全赤裸着站在对方面前，当然不是说衣物全被剥光，而是思想上的毫无遮蔽。加上经历了前一晚的事情，他还未恢复素日的镇定，语言表述不够直接简洁。

麦克唐纳提了几个问题，将整个事件清楚地总结如下：

阿特尔顿对德布雷特来电表示强烈不满，罗金厄姆认为后者可能是在勒索。阿特尔顿在巴黎的布里斯托尔酒店订了房间，3月18日星期三离开了在伦敦的家，向外宣称要去巴黎，但没有按计划到酒店，此后便杳无音讯，这些是可以确定的信息。他的手提箱在诺丁山一间工作室被发现，此前，德布雷特一直都租住在那里。前一晚，罗金厄姆去了工作室，他的同伴格伦维尔，工作室现在的租客，遭到未知人士的袭击。

“这很清楚了。”麦克唐纳说，语气间仿佛这些事再正常不过了。“我想确认一下，阿特尔顿家有人见过德布雷特吗？”

“据我所知没有。我也只见过一次，是他跑来跟阿特尔顿说话的时候。格伦维尔上周五晚见过他，而且他在工作室那片地区很有名。”

“好。那么，有什么原因，让你认为，或者猜测，阿特尔顿是遭到了德布雷特的勒索？为什么不怀疑他是欠钱不还呢？”

罗金厄姆沉思片刻，回答说：“阿特尔特不太欠账。如果是欠人家钱，我相信他也会告诉我的。我最近才想到，他心情烦躁的背后，大约也有恐惧和愤怒。”

“除此之外，你还知道阿特尔顿先生会因为什么事情被人敲诈吗？光靠猜的可没什么用。”

椅子上的罗金厄姆不安地挪了下身体。总督察说话彬彬有礼，一句一个“先生”，让人安心，但他的眼神里分明写满了严肃。

“是有点事情，”他有些犹豫地说，“该死的，这事儿很不好，您会保守秘密吧？”

“只要不违反法律，我一定保密，”麦克唐纳回答说，“你坐在这里，告诉警局说朋友不见了，说明你信任警察。不过，巧妇难为无米之炊，缺少有价值的信息，我们也无能为力。”

“好吧，我把自己知道的所有事实都告诉你。”罗金厄姆回答道，“大约十年前，阿特尔顿结婚时，凭着前两部小说声名大噪，也赚了不少钱。但是，早期的成功没能延续下去，妻子对他的失败，或者说小有成就，并不满意。丈夫声名减退，妻子越发出名，是不利于维持家庭幸福的，我想你也懂吧。”罗金厄姆突然涨红了脸，恳求似的看向麦克唐纳。“我要把事实毫无保留地说出来吗？阿特尔顿是我朋友，我喜欢他，也信任他，我如此述说他生活的不顺，好像不算是朋友所为。”

“从长远来看，这才是真正的友谊。”麦克唐纳回说，“我猜，阿特尔顿夫妇貌合神离，阿特尔顿便到其他人那里寻找在家中得不到的关心了？”

“是这样。”罗金厄姆回答道。他那忧虑重重的脸上闪出一丝笑意。“但是，别问我这个抚慰关心他的人住在何处，我也不知道。”

“这么一说你倒是心安了，”麦克唐纳冷冷地说，“我本来的确想要问你的。那么，除了写作，阿特尔顿先生还有别的收入来源吗？”

“没有，”罗金厄姆说，“这点我很确定。”

“想必你也知道，靠妻子维持家用，丈夫心里并不好受。”麦克唐纳接着说。罗金厄姆点点头。他不禁扬了扬眉，显然对警官的机智深为佩服。他开始喜欢上麦克唐纳了。

“我们可以推断，阿特尔顿先生不想和妻子闹翻，否则就得离开共同生活的家庭，对吧？好，我也认为这种情况会给勒索者带来机会，当然前提是妻子会对丈夫在外寻欢心存嫉妒。”

“要是给她知道了，一定暴跳如雷……”罗金厄姆突然住口，麦克唐纳只是微微点头。

“这事儿也不是一天两天了，”他说，“先不讲这个了，现在说说阿特尔顿先生的亲戚家人吧。他的父母还健在吗？有没有兄弟姐妹？”

“没有了。父母战前都去世了，唯一的哥哥盖伊和他吵翻了，大概一年前在巴黎去世。几天前，最近从澳大利亚来的一个表弟也意外身亡。阿特尔顿再没什么亲戚，只有一个年老的叔祖父。”

“你认识他多久了？”

“十年，认识很久了。我们第一次见面是在作家俱乐部，他那会儿还没结婚。我们一见如故，变成了多年的好友。”

“我想他没几个知心朋友吧？”

“何出此言？”

“没听你提及他们。他还有好朋友的话，你肯定会在来警察厅之前去找他们。你只提到了格伦维尔先生，也说他比你和阿特尔顿先生年轻很多。那么，这位格伦维尔先生是怎么回事？”

“他想娶阿特尔顿监护的女孩伊丽莎白·莉为妻，这几个月往他家跑得可勤了。”

“不能娶的原因是？”

干涩的语气让罗金厄姆不自在地笑了几下，回答道：“伊丽莎白还没成年，没有监护人的同意不能结婚。目前，阿特尔顿还不同意。”

“明白了。格伦维尔家境富有吗？”

“算不上有钱，能过得去罢了，估计一年收入几百镑吧。”

麦克唐纳的下个问题才进入正题。“为什么找格伦维尔先生调查德布雷特？”

“首先，他听说过德布雷特的名字，也向我问起过，”罗金厄姆回答说，“就是我跟你说过的电话事件。我很想知道德布雷特的住址，但没法亲自查探，因为那家伙见过我和阿特尔顿在一起。要是他在住所或常光顾的酒吧看见我，恐怕会恼羞成怒。其次，格伦维尔是个机灵鬼，在新闻报道方面做过大量调查工作，脑子很灵活。我错就错在，让他深入到了这个地步，又不让他再继续下去，他的好奇心太旺盛了，也许算得上是好事吧。”

“似乎是这样的。阿特尔顿得知那人打来电话时，只有你跟他在一起吗？没有其他人吗？”

“还有一个人，伯勒斯，不过他刚出去。”

“是阿特尔顿先生的另一个朋友？”

“更准确地说，是他妻子的朋友，经常去他家。”

“阿特尔顿夫人现在也不在家吗？”

“她——鬼知道她在哪。这对我来说也是个谜题。督察先生，换作是你，知道这一切以后，会怎么做呢？”

“和你一样。报警是唯一可行的办法。格伦维尔先生一发现手提箱就应该通知警方了。正常来说，没人会把护照丢在空无一人的工作室。如果只有手提箱倒还算合理，护照就太不正常了。”

“我也这样觉得。”罗金厄姆说，“我必须说，或许你会觉得格伦维尔没什么脑子，不过我可以发誓，他绝对是个正直的人。”

“先生，能证明他品德良好固然是好的，”麦克唐纳平静地回答说，“但他缺乏常识。能不能告诉我，为什么阿特尔顿先生会反对格伦维尔先生和他的监护对象结婚？有什么不满意的？”

“没，没什么特别的原因。阿特尔顿因为自己仓促结婚，常常悔不当初。莉小姐今年才19岁，离开学校还不到一年呢。阿特尔顿很喜欢格伦维尔的，我想，要不是整日被德布雷特的事情烦恼，他早同意这门婚事了。”

“明白了。我目前急需的信息就这些。先生，还需要什么的话，可以去你家拜访吗？”

“当然，也可以去作家俱乐部。我家没有常住的仆人，所以我一出门，中午以后家里就没人接电话了。不过，我今晚以后都在家。”

“好，我让阿特尔顿先生的仆人检查一下手提箱里的东西，看看有没有丢失什么，也会让人去工作室调查。”

罗金厄姆松了一口气。

“天哪，终于全说出来了！”他说，“我整晚都在焦虑到底怎么办，我本来很不情愿把阿特尔顿的事情交给警察局处理的。”

麦克唐纳耸了耸肩说：“不要太过敏感，否则会让你的处境很尴尬。”

罗金厄姆走后，总督察简要的做了记录，整理思绪，然后看了些相关资料，了解了关于阿特尔顿和他那出名的演员妻子，还有剧作家尼尔·罗金厄姆的准确信息。

梳理好以上信息，他先给助理总监勒格雷上校报告此事。

“真有意思，麦克唐纳，”后者咕哝着说，“可能性很多啊。”

“是的，可能是德布雷特谋杀了阿特尔顿，或者刚好相反。也有可能这位好奇心旺盛的罗伯特·格伦维尔先生，暗地里干了什么坏事，毕竟手提箱在地窖被发现，也只是他的一面之词。失踪的监护人阿特尔顿可能也有问题，比如贪污了受监护人的财产之类的，这种事也不是没发生过。”

“再加上一个德布雷特，情况有些复杂。有一点倒是可以确定。”他指着笔记中的一句话说。

麦克唐纳回答道：“我想到了一个突破口，去钟楼工作室拜访罗伯特·格伦维尔先生。”

“你怎么看尼尔·罗金厄姆？”

“他这么紧张的样子，让人很难判定。他给我的印象是，很聪明，也十分坦率，就是做了件不太明智的事：不该让记者去跟踪德布雷特。如果他怀疑阿特尔顿遭人敲诈，应当直接报警，或者直接放手不管也比这样好。”

“在这个世界上，有数不清的人因受了敲诈勒索而失去理智。”勒格雷说，“言归正传，你去查清楚，看看德布雷特这人是不是真的存在。”

“应该是查明他是否还活着，”麦克唐纳纠正道，“肯定有这么一个人。有人看见他在酒吧喝威士忌，格伦维尔不敢捏造，证人很多啊，长官。”

麦克唐纳让詹金斯督察继续去调查远郊的系列盗窃案，他带着里夫斯警探，驱车前往帕克村南。见到韦勒，询问了布鲁斯·阿特尔顿上星期三离家的时间。

“罗金厄姆联系不上你家主人，很是担心。阿特尔顿的律师们找不到人，也非常焦虑，所以希望警方能帮忙寻人，”麦克唐纳用爽朗的语气解释道，“寻人是警察厅最常做的工作。”

韦勒笑了。“好的，长官，要是您能联系到阿特尔顿先生，我就太高兴了。现在大家都在问，又没什么结果，实在令人担心。先生上周三上午10点刚过就离开家了。前一天晚上，我帮他收拾手提箱，想着是出去一周或十天，就只装了一套换洗衣服、一件晚礼服。我出去叫了出租车送他走的。他说要先去维多利亚车站，再从福克斯顿到法国布洛涅。”

“我正需要这些信息。”麦克唐纳说，“还有一个问题，你是打电话，还是出去叫的车？”

“打电话叫的，长官，格洛斯特门的车。”

“谢谢，希望能尽快有进展。”麦克唐纳说完，赶紧安排里夫斯去调查出租车。

“找到载阿特尔顿去查令十字车站，或者其他什么地方的出租车司机应该不难，”麦克唐纳说，“去邦德街的里昂，可以找到阿特尔顿的照片，就在作家名人录上。去吧，车站就是突破口。”

里夫斯咧嘴一笑，即刻出发。麦克唐纳很清楚他出色的工作能力。总督察打电话跟格伦维尔约好，开车从警察厅前往诺丁山。

到了钟楼工作室，也就是房屋中介所述的“停尸房”，格伦维尔开门迎接麦克唐纳。麦克唐纳先从心底暗暗打量格伦维尔，才将眼光望向这座建筑，在素日的工作里，他对这些古怪的建筑早已见怪不怪。格伦维尔身高近一米八，体型壮硕，宽松的花呢大衣显示出宽大结实的方肩，方脸上透着愉快，质朴而清秀。他的下巴翘起，眼神灵动，显得有些咄咄逼人；大眼睛里散发出了精明和敏捷，仿佛对四周的一切都充满戒备。这个年轻人刻意装出愚钝的样子，但难掩自内而外的睿智。麦克唐纳认定，从他的体型体格，和在城市生活的历练来判断，他那过分的敏捷和警觉都不像是乡下人。

格伦维尔盯着麦克唐纳，心中对他进行评判。“全身上下都是警察范儿，应该很务实，也比较无聊。看起来是个正直又冷酷的家伙，训练有素，估计看谁都像是嫌犯。”

格伦维尔大声说：“好吧，老家伙罗金厄姆这张嘴还真不牢靠。不过，你这是在浪费时间。看看我选的住处，怎么样？”

他用戏剧性的夸张动作打开门廊内门，麦克唐纳对此毫无反应，只是用坚定的灰色眼睛在屋内来回扫视，脸上全无惊讶之情。“这种地方我见得多了。”他耸耸肩说道。

“那是自然。”格伦维尔咧嘴一笑，借此向麦克唐纳表明，他完全听得懂对方刚才说的法语。“在这么高档的住宅区里，这地儿也不算糟糕，对吧？”

“一点也不糟糕。”麦克唐纳的目光越过散落杂物的地板，停在大厅的钢琴上。他严肃的神情放松下来，不禁笑出声。

“天哪！这什么乱七八糟的！”他大声说。格伦维尔见此情形，觉得他不再是刚刚那个一板一眼的长腿警察机器，变成了活生生的人类。

“那是你的床吗？”麦克唐纳问道，“是的话，我们坐下来，说说正事儿。”

格伦维尔可以说是位极其出色的证人。他很善于讲述，逻辑清晰，井井有条，生动再现了经过。麦克唐纳坐在一旁抽着烟斗，听他不停讲述，并不出言干扰。格伦维尔语罢，他才说：

“目前，本起案件相关人员里，只有你和罗金厄姆先生见过德布雷特，你跟他也只有一面之缘，请尽可能完整的描述你对他的印象。”

格伦维尔向前挪动一下，手指轻抚额头上发紫的大块瘀伤。

“他身形灵活，衣着整洁，比我矮一点，也瘦一些。留胡子，戴眼镜，卷发，发量很多。告诉你，我有一个疯狂的想法，还没告诉过别人。既然罗金厄姆那个老家伙已经没了胆量，去找你全盘托出，我也不妨坦率直言。从灯光下的侧影来看，虽然只是短短的一两秒钟，我觉得他的身形像是布鲁斯·阿特尔顿——声音也像。这听起来很蠢是吧？可我就是这样感觉的。”

“有意思，”麦克唐纳说，“所以说，看到手提箱的时候，你并没有那么吃惊，对吧？你没跟罗金厄姆说这事儿？”

“没有，那还不把他吓死。那个迂腐的老家伙，真像是预科学校的校长。再说了，这会给我惹来麻烦。”

“比如说？”

“天哪！不要装傻啊，这可不是警察的风格。罗金厄姆告诉你他见过德布雷特和阿特尔顿在一起，对吧？所以说，他们肯定不是同一个人，德布雷特是确实存在的。假设我看到的那家伙是阿特尔顿，就说明是他扮成了德布雷特。换而言之，德布雷特的存在，已经是过去时了。”

“我明白了。这故事里有一个漏洞，为何阿特尔顿先生要把手提箱留在这里，让别人看见呢？”

“这个嘛，可以有很多解释。手提箱太显眼了，一看就是高级货。上面有阿特尔顿的名字和个人印记，通过各地海关或托运行李时，很容易就辨识出来。箱子上贴满奢华的标签，莫里斯、丽兹酒店那些的，换作是我，出门不想惹人注意，就不会带这种包上街，也不会带着去坐出租车，最好等哪天晚上带着一大张牛皮纸和细绳回来，把箱子包上，偷偷拿走。这里全是些零碎的杂物，没有能包箱子的纸和绳。”

“很有意思，除了这些，格伦维尔先生，你认为阿特尔顿先生真的有可能谋杀德布雷特，然后逃跑，永远不再回到英国吗？”

“我说不准，”格伦维尔咄咄逼人的蓝眼睛里闪出一道邪恶的光芒，“我生性也不会杀人，要真被逼到了必须杀人的地步，肯定先去杀了这些敲诈勒索的猪猡！真让人恶心！要是布鲁斯·阿特尔顿真做了这种事，他可就倒霉了。他哪能想到，老家伙罗金厄姆在他忙着动手的时候，要我去调查？而且，脸上被泼了一杯威士忌，大部分人都会跑得远远的，以防再挨一下，但偏偏我不是大多数人，我又回来了。那人以为自己闯入之前，屋内肯定空无一人，没想到我把这儿租下来了。”

他有些蛮横地看着麦克唐纳：“你的工作就是让人们不要胡作非为，既然你来调查了，我就直言不讳了，也算是为了我自己。这事儿有两种可能。”

“我同意你的部分观点，”麦克唐纳说，“你很明智，目前最好的办法就是坦率。”

“天哪，我又不是傻子！”格伦维尔反驳道，“我告诉尼尔说在下面找到手提箱，他眼睛差点瞪了出来，估计心里立马开始嘀咕，‘他是在那儿找到的，还是故意放在那儿了？’世上压根没有相互信任这回事，对吧？”

“对，”麦克唐纳礼貌地表示同意，“我们去地窖看看。”

“好。”格伦维尔敏捷地起身。“也没什么有价值的东西，我全看过了。地面是混凝土的，也没挖开或其他痕迹。”

“混凝土可不好挖，”麦克唐纳说，“过惯了好日子的人，哪还会使镐呢？快听，那是什么？”

他们刚到“办公室”——附带浴室和小厨房，突然下方传来铁器当啷当啷的声音，桶和锡盘的撞击声连续响起。

格伦维尔大喊一声，跳着往前。

“见鬼！那个混蛋回来了，碰上了我的陷阱！就在下边。呵，真刺激！”

他从房间角落的门跳下石阶，麦克唐纳紧随其后。阳光透过一小片少了玻璃的窗户射进来，潮湿的常春藤嫩枝爬过破败扭曲的栅栏，桶、锡盘、散落的烙铁、零星的焦炭和煤块、旧罐头还有各种垃圾映入眼帘，就是全然不见入侵者的痕迹。

“该死，真该死！”罗伯特·格伦维尔脱口而出，“又被那混蛋得逞了！对了，从后门溜走了，也许……”他猛然转身，撞上了麦克唐纳，好在后者马上伸出有力的胳膊，用力一把拉住他，不然他就摔倒在堆过煤的地上了。

“来不及了，”总督察平静地说，“即便刚才真的有人在这儿，也有大把时间可以逃走。对了，你希望我对你也坦诚以待吧？”

“那是自然！”格伦维尔急着回答，鼻子不自然地抽动着。

“好，你现在最好回家待着，我找人来搜查这个地方，处理其他事情。你恐怕帮不上忙，明白吗？”

“什么，给我下逐客令？该死的，你是认真的？！我还有很多东西没给你看……”

“我相信你。不过，我向你保证，我不会漏掉任何蛛丝马迹。现在，你只需要做一件事，帮我给警察厅打个电话，让他们派人前来增援。”

“啊？”格伦维尔的眼神里闪出怨恨。“你是不喜欢一人留在这里，苏格兰佬！搞临阵退缩这套？”

“完全正确。”麦克唐纳平静地说着，拿出笔记本。“这里什么都有，就是没电话。照我写的内容，一字一句地传达过去。”过了会儿，他把纸撕下来，递给格伦维尔。“这些栅栏是你第一次来的时候破坏的吗？”

格伦维尔的眼睛跟随警察，扫视散落的栅栏。“差不多吧，”他承认道，“我可是个破坏狂。了不起的警察大人，听着，还是让我留下来帮你查吧。我会替你留心的，相信我。”

“蠢货！”麦克唐纳指着楼梯说，“这可能是转机，也可能不是。你老是不出现，势必会惹人怀疑。小伙子，赶紧上楼走吧！”

格伦维尔一边抗议，一边从通往“浴室”的石阶往上爬。麦克唐纳目送他到门廊口。

“现在回家，待着别出来！”他严厉地说，“别再把自己当夏洛克了。你要不听话乱跑，我立马打电话叫人把你关起来，没有烟抽，没有酒喝，无聊得要命。说得够清楚了吧？”

“好好好好好……还威胁我，把好好的侦探当成证人。自以为是的老家伙，告诉你，要是在拐角处遇到德布雷特，我一定狠揍那张臭脸，让人几个星期都认不出他本来的样子！”

“随你。”麦克唐纳说完，关上了沉甸甸的大门。

第五章

罗伯特·格伦维尔打电话叫来警车，下来四名便衣警察，两人留在麦克唐纳身边，协助他搜查工作室，两人被派去执行其他任务：一个去“圣殿骑士”，一个去监视罗伯特·格伦维尔先生，看他是不是乖乖待在家里。从车上拿下来各种工具和器具，像是教堂司事、测量员和管道工们用的装备，然后三人走进了“停尸房”。

警察冷静沉着，他们的工作十分详尽，井然有序。三位犯罪侦查专家一脸平静地开始工作，倒是比冷漠淡然的英国工人更具活力。在麦克唐纳的指导下，他们先绕着房屋走了一圈，排查所有可能的出口，确保上锁和堵上的门都不会被打开。“水管工”留在浴室勘察，麦克唐纳和詹姆斯警探——一个穿工装裤，身体健壮的年轻人——开始工作，确保无人能通过煤窑溜进来或是逃出去。之后，他们小心翼翼地在地窖清理出一块地方，一寸一寸排查，然后把堆积的东西搬到清理好的地方。这事儿一点也不好办。

之前的房客似乎主要以罐头食品为食，把不要的鲑鱼、沙丁鱼、炼乳罐头和各种臭气熏天的容器扔进地窖，盖上了厚厚的煤灰。詹姆斯抽动着鼻子，倒不是因为厌恶，而是出于纯粹的科学精神，希望能发现点蛛丝马迹。

“太臭了，”他说，“二氧化硫，还有其他的臭味。有含氮物质的残留，肯定是什么有机的东西。”

“可能是一只，或者很多只死猫，”麦克唐纳说，“有个家伙喜欢虾。天哪，真希望吃虾吃死他！锅里竟然还剩着些!”

他们有条不紊地排查，发现角落里有一堆罐头、煤、可乐、杂物（里面确实有一只死猫，麦克唐纳从煤尘堆里挖出来的）。经过近两个小时的辛勤劳动，他们勘察了地窖所有地方，地窖表层是完好无损的。他们挖出各种已经发霉的帆布（“煤炭测量时期的大作”，年轻的詹姆斯讥讽道），查勘了生锈的火炉，炉子连着废弃的热水管道系统。“这个，”麦克唐纳说，“肯定就是这个，由此进出简直易如反掌。”

他穿着从警察车上拿出的工作服，变身为工程专家，脸和手全沾上了黑黑的煤灰。他平静地说：“上楼去看看戴维斯完了没。他可能会去酒吧给咱们买些食物，千万不要买罐头食品啊。再来点啤酒，啤酒！想想就不错!”

戴维斯正忙于收拾管道，旁边的地板上散落着各种容器。他刚断开污水管接口，由于公寓里安装了临时洗澡设备，把污水管布置得歪七扭八。

“头儿，这次碰到大案了。”他指着身旁的瓶瓶罐罐，冷冷地说，“洗澡设备是完好的，之前也经常在用。我觉得，我们看见的一切，都是有人精心谋划过的，先拿水洗得干干净净后，再刻意用铁锈和灰尘之类的弄脏，每一处刻意摆放都暗藏玄机。不过，分析师很容易就能识破这些小伎俩。”

“这样的话，我们最好上楼，戴维斯，”麦克唐纳说，“工作室有水槽，你在那边的水龙头清洗一下。然后，你去附近酒吧吃点东西，我们在车里随便吃点。我一点儿也不想在这个鬼地方用餐。来吧，詹姆斯，我们再检查一遍，过会儿再用扫把和铁锹清扫地板。初级勘察告一段落。”

这一次不是简单地重复，而是彻底翻查，甚至把栅栏整个从破旧的热水管道都抬起来看，辛苦半天的警员们可以说一无所获。大家手脚麻利地清除了积攒数年的污垢，把地板擦得锃亮。他们把所有东西都收集起来——大理石碎片、黏土、熟石膏、旧颜料管、刷子、罐子、油画颜料瓶、松节油瓶、腐烂的黏土模型包装（本是防潮材料）、奇奇怪怪的工具、支撑大型泥塑像的软管、残缺的调色刀和木炭棒。詹姆斯爬下破旧的平台，不小心遭遇一只硕鼠，手电筒的光线惹得它极为恼怒。可惜，除了老鼠和大量的法语插图书（大多是色情书籍），他这趟勇猛的探险毫无收获。

三位脏兮兮的警员瘫坐在平台上商议，疲惫的脸上是挥之不去的沮丧。

“喂，戴维斯，”詹姆斯咕哝道，“你说说，我们费尽心思收集的瓶子里，都没有生锈的痕迹吗？这事儿有没有可能纯粹是场恶作剧？”

戴维斯摇摇头。“我百分百确定，不是铁锈，肯定是血液或稀释后的血液残留。我最好跑趟实验室，好确认一下。”

麦克唐纳点点头。“就这么办。这事儿让我很是困惑。我今早在这里见到的那个年轻人，是有可能搞恶作剧的，但罗金厄姆不会，他是个极其严肃的家伙。我相信戴维斯，他知道该怎么做，关键是——我们到底忽略了什么？如果这里确实发生了谋杀案，尸体很有可能就藏于此地，没有人会冒着危险去外面抛尸。谁敢在光天化日之下，或是巡逻严密的夜晚，趁着路灯，把尸体装到路边的汽车或货车上呢？都不太可能。”

他环顾清扫完毕的建筑，除了钢琴，工作室里所有东西现在都堆在地板中央，遍布污渍的墙面毫无遮掩地暴露出来，所有橱柜的门都开着，所有杂志都摊开了。

“等等，我怎么忘了德布雷特是雕刻家啊，他完全可以用板条箱搬运重物，这对他来说是最方便不过的，对不对？当然这也有很大的难度。”

“要搬大东西，肯定需要有人打下手，这或许是个突破点。”詹姆斯满怀希望地说。

“不可能！”戴维斯大声喊道，“他绝对是自己一个人干的。老大，说说上午那个年轻人，他的小陷阱是怎么触发的？是他干的，还是别人干的？”

“要真是他，那他肯定会变魔术，”麦克唐纳说，“我每分每秒都紧盯着他呢！不过这东西从外面很容易就能触发，这样想的话，也可能是一只猫从外面跳到桶上，把其他东西连带着弄倒了。”

“那个蠢家伙这样做有什么好处？”戴维斯嘟囔道，“我实在想不出理由。”

“哦，他的心理活动很明显，”麦克唐纳说，“假设他说的是实话，就是说有人给他脸上泼了一杯威士忌，心中必然记恨了。他这样的大高个，肯定想趁德布雷特或阿特尔顿回来，一拳揍过去，这是人之常情，可以理解。”

“等他下楼，人家早溜之大吉了。”戴维斯愤愤地说。麦克唐纳摇了摇头。

“不，不会。爬过地窖的栅栏需要时间，里面空间太小，没法施展拳脚，所以我确定今早那里肯定没人。现在有点混乱，我们最好集中精力寻找德布雷特和阿特尔顿的踪迹。走之前，我要再看一看那些墙。戴维斯，你带好标本去实验室，拿到结果来我办公室。走吧，詹姆斯。你看北边，我看南边。哎，再别唱《罗蒙湖》[1]了，小心我揍你。”

整面墙体看着特别糟糕，遍布裂缝，霉菌滋生，潮湿不堪，有一块地方特别吸引了詹姆斯的注意。那里很粗糙，像粗灰泥样的东西凸出来，经验老到的麦克唐纳也注意到了。

“我敢说，有个画家曾经在这住了很长时间。他可真够奢侈的，每天晚上都要把调色板刮干净，然后用调色刀把多余颜料抹墙上，一层又一层。詹姆斯，这真是幅好画，留在这儿可惜了。看着像是点彩画，不过不是。”

他们又是敲墙，又是细细查看，但跟之前清理地板一样，毫无收获。

“暂时先这样吧，詹姆斯，”麦克唐纳说，“我们尽力了。我去把门锁上，派人在外面守着。屋子没有别的入口，除非能从屋顶下来。真有人那么灵活，那就下来，还能给咱们提供一点线索。你待着，我派威尔顿过来。”

詹姆斯起身，望着屋顶的横梁，大胆猜测说：“用滑

---

① 苏格兰民歌。

轮？莫非会杂技？”

“不可能。换作你我，肯定会把脖子摔断的。明天我搬个梯子过来。看那塔楼，有几年没人进去过了。要是有人从厚重的烟灰上走过，必会留下印记。那鬼地方，天知道多久没人去过了。打起精神来，小伙子！我们离证据不远了，虽然还不清楚在哪里。”麦克唐纳将住着蝙蝠的钟楼抛在脑后，返回警察厅，去取他之前的调查结果报告，他将报告标注为“日常”，里面是关于阿特尔顿离家时的行踪和中介、邻居对德布雷特租用钟楼情况的说明，以及胆大妄为的罗伯特·格伦维尔近期的活动轨迹。

格伦维尔心中纵有万般不情愿，也还是听从麦克唐纳的指令，离开租住的工作室，完成了对方安排的任务。格伦维尔心中明白，万一麦克唐纳调查之后要提起刑事指控，自己所做的一切都必须符合法律，才能避免麻烦，而他陈述的事情没有任何其他证人。沿着往东的大道向城里走去，他的心中越发感到不安。

格伦维尔的住所没有罗金厄姆在梅菲尔的家那么华美，倒是同样惹人注目。舰队街、霍尔本、大十字转门和法灵顿街之间的庭院和小巷相互交错，错综复杂，矗立着一些1666年大火后不久修建的小房子。格伦维尔在这里找到了一处好住所——两层楼高的红砖瓦房，相当迷你，紧挨着旁边的建筑，前有一块草地。这片古老的绿洲四周高楼林立，日夜回荡着印刷机的轰鸣声，餐厅的嘈杂声。机器嗡嗡地不停运转，推动这个令人眼花缭乱的时代不断前行。不过，格伦维尔的起居室窗户下有块小地方，水仙花的花蕾轻轻弯下，展露金色的花被，一棵玫瑰树冒出绿色嫩芽，紫罗兰绚烂绽放，仿佛带人穿回到查理二世时代的辉煌岁月。这片叫做弗尼瓦尔宫的街区就是古怪老城的遗迹。格伦维尔的住所交由一个印刷工的遗孀打理。她是位神情严肃的主妇，早已习惯各种机器的轰鸣声。

格伦维尔回到住处，还接到了麦克唐纳的电话。他决定把上周的事情用时间表记录下来，证明自己是如何取得所有的证据。还没写几个字，电话铃突然又响起，思绪全被打乱了。

“听着，罗伯特·格伦维尔，”伊丽莎白·莉威吓道，“我打电话可不是出于关心之类的，绝对不是！你被人扔进油锅煮也不干我的事。我问你，现在到底是怎么回事？布鲁斯去哪儿了？他在搞什么鬼？尼尔·罗金厄姆又是怎么回事，到底发生了什么？”

“亲爱的……”格伦维尔刚一开口，就被她厉声打断。

“别跟我套近乎，不然我立马挂电话！你都一个星期没理人家了……”

“亲爱的，不是这样的！哎呀，真该死！丽莎，情况太复杂了，没法用语言说清楚。真糟糕，警察厅让我待在家里，收到通知才能再出去。”

“啊？”另一端传来惊讶声。“你到底做了什么，把警察还引来了？”

“没有啊，小可爱！什么都没做，我发誓！丽莎，听着，要乖乖的啊。那个‘龌龊警察’不发话，我就没法来看你，也不能带你出去吃饭。你能不能屈尊来看看我？你老说要来……”

“我说过吗？不记得了。好吧，现在这种情况，我非来不可了，但别以为是为着你，明白吧，罗伯特·格伦维尔先生？”

“小可爱，我知道。我住的地方可很难找，你真的要来……”

“笨蛋，我不是傻子，也没聋。弗尼瓦尔宫吗？我很快就能找到，你别跑出去，让我扑个空就行。”

听筒“砰”的一声掉落，电话断了，格伦维尔高兴地在房间里跳舞庆祝。接下来半个小时里，他抓紧整理房间，心中反复琢磨，确定能告诉伊丽莎白·莉多少事实。他没有宣誓要保持沉默，但他十分清楚，轻率是要不得的，否则会后悔的。

女房东带着伊丽莎白走进格伦维尔的起居室，平静得仿佛世间没有任何事情能令她产生情绪起伏。伊丽莎白开门见山地说：

“鲍比，布鲁斯怎么了？别兜圈子，直接告诉我！”

“我不知道，”他开口道，“说实话，我真不知道，所有人都不知道。这就是问题所在。”

她皱起脸说：“和那个可怕的德布雷特有关吗？”

半小时过去了，伊丽莎白坐在扶手椅上，格伦维尔依偎在她脚边的地上，分享了各自所知道的一切。格伦维尔想尽力保持理智，但他是那么深爱着伊丽莎白，而她又坚持要知道全部。他在丽莎面前，就像是一只待宰的羔羊。伊丽莎白听完钟楼工作室和手提箱的事情，也知晓了格伦维尔在前一晚前额瘀伤的过程，知道罗金厄姆已经报警。她自己讲说，大约十天前，黄昏刚过，她正步行回到已住了不少时间的阿特尔顿家。路上，她听到一个男人在身后问，是否知道阿特尔顿先生的住址。转过身去，看到一个留胡子的男人，戴着大眼镜、大帽子，身上的长披风看着像是外国人穿的。布鲁斯和西比拉家中从不乏长相独特的朋友，因此伊丽莎白早习惯了外表古怪的访客，便淡然回答说，阿特尔顿先生住在帕克村的别墅。那人谢过她，继续匆忙赶路，但并未拜访阿特尔顿家。她在傍晚见到布鲁斯，向他描述了那位身穿披风、胡子花白的绅士，惊讶地看到监护人脸色变成铁青。她这才意识到，自己惹他动怒了，不敢像平日那般逗笑他。后来，喝咖啡的时候，西比拉说：“噢，那是德布雷特先生。天知道布鲁斯藏着什么小秘密，他总有一天得坦白，不然会有麻烦的。我完全无法容忍奇怪的外国人给家里打电话，还威胁我们。”

伊丽莎白和罗伯特在舒适的小客厅里，靠近火炉坐着，以惊愕的眼神看着彼此。女孩颤抖着继续说道：

“太可怕了，鲍比。平日里说起谋杀呀，尸体呀，还觉得有趣，现在我只感到恶心。你知道吗，我觉得西比拉一定很厌恶布鲁斯了。我从来没有告诉过你，但是最近，每每跟他俩单独相处的时候，心里总觉得不安。我赶紧离开他们去俱乐部，心里暗暗发誓，再也不回他们家。”

“为什么，丽莎？是不是无法忍受和两个总是嘲讽彼此的人生活在一起？”

她点燃一支烟，缓缓向上吐出烟雾。“是，实际比这还糟。他俩常吵架，倒没当着我面，但我能听到争吵声。两人出言相讥，都暗示说知道对方的秘密。我觉得西比拉想和布鲁斯离婚，他不同意，两人就这么僵持着。”

“天哪！你竟然不得不面对这种破事儿，真是糟糕透了！”

“哎呀！跟戏剧圈儿的人一起生活，哪还能像孩子那么单纯？罗伯特，我把这个邪恶的世界已经看透彻了，没关系的，总是幻想美好毫无用处。一想起那晚大家讨论谋杀游戏时西比拉的面容，我都不住地颤抖。‘把尸体嵌进房子里’，呃！她当时说的时候，我以为只是故作邪恶的样子，现在回想起来，真让人毛骨悚然。”

格伦维尔一跃起身，耳边回响起西比拉那句令人不寒而栗的话——“把尸体嵌进房子里！”

“但是，丽莎，”他反对道，“我不觉得西比拉有任何杀人的时机。德布雷特呢？他才是关键人物啊。”

“也许，西比拉唆使他找个借口，比如勒索布鲁斯？又或者他是个失业的演员，看着还真像。还有伯勒斯那个恶心人的家伙，他对西比拉很是着迷的，你知道吧？所有一切简直让人毛发倒竖！”

“我也这样感觉！”罗伯特大声叫嚷道，“亲爱的，我们现在没必要这么紧张兮兮的。罗金厄姆那家伙临阵退缩，急匆匆报警了，等布鲁斯和西比拉回来，肯定要对他大发雷霆。”

“你不会真这么想吧？！”伊丽莎白不满地说，“你，罗金厄姆，还有那个‘龌龊警察’麦克唐纳，大家都心知肚明，可怕的事情已经发生了，你干吗还刻意往好的方面去想。鲍比，我真希望你永远不要再靠近那座恐怖的钟楼。”

“你说得对，我确实这样想的，”格伦维尔严肃地说，“我想尼尔也这样认为。”

伊丽莎白走后，格伦维尔继续整理信息，不过大多时候，他都没怎么动笔，或者抽着香烟，或者咬住笔头冥思。客厅门开了，一脸淡然的布伦奇夫人端了一杯茶进来，后面跟着麦克唐纳。格伦维尔看到他，心中居然涌出一丝感激。

“人抓住了吗？”他提了一个愚蠢的问题。

“抓谁？”麦克唐纳问，“我们掌握了一些情况，还没锁定对象。我这次特意登门拜访，是想采集你的指纹，同时也希望你能详细记录上周三、四、五、六的活动，非常感谢你的配合。而且，这也是为你好。”

格伦维尔闻言目瞪口呆，麦克唐纳继续说道：

“我保证，警方正在全力消除任何可能的误解。你也看到了，罗金厄姆先生从钟楼小心翼翼地取出了手提箱，手提箱品质上乘，表面打磨得无比光滑，刚好可以用作指纹比对。上面很可能也有你的指纹，你曾开箱也搬动过它。还有罗金厄姆先生也是。要是德布雷特先生也动过手提箱，很可能同样留下了指纹。不过他这么谨慎，未必真的碰过。你同意的话，我们想先排除你的指纹。”

“没问题，”格伦维尔说，“请尽管排查。我还以为警察都像小说里那样，直接亮出一张闪闪的名片，问嫌疑人以前是否见过。”

“我也喜欢看侦探小说，很有意思，但真正的犯罪一点儿都不有趣，”麦克唐纳说，“看来你对调查的流程相当熟悉，那就省得浪费时间了。”

他把格伦维尔的指纹样本收集在跟烟盒差不多大小的

盒子里，接着说："我们再理理你的记录。阿特尔顿10点05分离开家，10点30分到维多利亚，10点40分乘出租车去查令十字车站，那时候他还活得好好的。周六早上，你在钟楼地下室发现了他的手提箱。请让我记录一下你在这两个时期之间，尤其是星期三上午的行动。尽可能完整地叙述，最好能提供佐证。慢慢说，不着急。"

"你认为他被谋杀了吗？"格伦维尔问道，喉咙有点发哽。

"我不知道。我认为很可能发生了暴力犯罪，目前还无法断定。我们询问了帮德布雷特租工作室的房屋中介，查访他晚上去过的酒吧，走访周围做生意的老板，收集到一些相关证据，应该很容易就能验证你的猜想。一个人再擅长模仿别人，也不可能同时出现在两个地方。"

"对，"格伦维尔说，"确实不可能。"

麦克唐纳看着眼前这个年轻人方正的脸庞。那天早上的事情显然让他泄气了，他满脑子的鬼主意和乐天的做派荡然无存。在钟楼里侃侃而谈的年轻人不见了，取而代之的是一脸严肃的罗伯特·格伦维尔。麦克唐纳朝门口走去，突然又停下了脚步。

"你还知道什么，最好都说出来。"他尤为柔和地说道。格伦维尔闻言，抬头看他。

"我什么都不知道，不知道真相到底如何，"他慢慢回答道，“我认真整理了自己的思绪，感觉很不好。今天早上，我说了很多关于布鲁斯的趣事，冷静下来再想想看，一点也不好玩。随便聊聊谋杀啊，尸体之类的很刺激，一想到自己认识的某个人可能杀了人，感觉就完全不同了。”

“是，那就不好玩了。”麦克唐纳同意道，“最近谁都跟你讨论谋杀了？”

“听着，我可以把一切都告诉你，但如果这些事情没有任何意义，你能把它们统统忘掉吗？”格伦维尔问道。

麦克唐纳不由笑了。“我想你可以非常肯定一件事，”他回答道，“你一五一十地说出全部，总比我们一点一滴费力拼凑要好。我们还会彻底审问每个与阿特尔顿一家有关的人，既然你们谈论过谋杀，我们当然要知道详情。我答应你，如果你的陈述与本案无关，就当从没说过，好吗？从你一脚迈进钟楼工作室开始，就卷入此事，无法置身事外了，不妨多提供些有用的信息。”

格伦维尔随即把探讨谋杀、西比拉·阿特尔顿诡异的提议，还有布鲁斯的评论悉数告诉了总督察。他没有提及伊丽莎白·莉，但麦克唐纳知道丽莎来过他家，对此自有判断。

格伦维尔用一反常态的平静语气说完，麦克唐纳表示：

“无论凶手是男性还是女性，谋杀前通常不太可能大张旗鼓说出计划。我可以确切地告诉你，钟楼里没发现有人被电死在浴缸或是洗手池里，也没人被混凝土封禁在浴缸或地窖下，希望这能给你一点慰藉。我们是怀疑有人犯下了严重罪行，就目前而言，不太可能出自一位女性之手。”

格伦维尔深吸一口气。“也许西比拉就是去整容了，布鲁斯也只是跑去布鲁塞尔赏鸟了。”

“可能吧。”麦克唐纳说，“还有一点，你头上可是狠狠挨了一下，这么想来想去无济于事，不如吃几片阿司匹林，上床睡觉，把一切暂时先放下。”

“谢谢您！家里的女仆不做饭，我一般都在外面吃晚饭。我想去金鸡餐厅吃，可以吗？”

“想去哪吃就去，”麦克唐纳回答道，“暂时没什么要问你的了。你呢，最好不要多嘴，说得越少越好。”

格伦维尔如释重负，恢复了往日嬉笑怒骂的神态，回答说:“好的，老大!”

麦克唐纳沿迂回的道路走到舰队街，脑中整理着格伦维尔那些杂乱的叙述，提炼出两条重要信息：（1）托马斯·伯勒斯没有参与有关谋杀的讨论；（2）那句“把尸体嵌进房子里”，似乎是一种预言。

第六章

麦克唐纳从法院附近的停车场找到车，准备驱车往西，去拜访尼尔·罗金厄姆，把布鲁斯·阿特尔顿的手提箱带到警察厅，作为证物。上车前，他和永远都活力四射的里夫斯取得联系，让他去了解托马斯·伯勒斯的情况。伯勒斯住骑士桥，最近外出了。

里夫斯整整忙活了一天。他早早找到了开车送阿特尔顿去维多利亚车站的出租车司机，并拿着这位著名作家的照片，跟车站搬运工进行了询问。经过一天的不懈搜证，算是收获颇丰，还找到了搬运工亨利·霍布斯。这人仍然记得自己把阿特尔顿的手提箱从出租车拿下来，对方让他在售票大厅等着。阿特尔顿去打电话，过了几分钟匆匆跑回来，显然很是兴奋，让亨利再叫辆出租车，把手提箱放上去。亨利以最快的速度做完这些事情，听阿特尔顿跟出租司机说要去查令十字车站。亨利清楚看到了那位出租车司机的脸庞，帮助里夫斯在附近的出租车司机休息室找到了正在吃饭的那人。司机说，他把人送到查令十字车站，阿特尔顿下车，提着手提箱进了车站，于是之后的行踪里夫斯便无从查证了。他不厌其烦地耐心询问司机，可惜未再得到什么有用的信息。

里夫斯很快做出判断，这条线索已经中断，一味查找下去也是浪费时间。这点麦克唐纳早已想到了，倒也不觉得意外。查令十字车站的售票大厅里总是挤满要回国的捷克斯洛伐克人，找人无疑是大海里捞针。里夫斯开始调查另一条线索——西比拉·阿特尔顿。星期三早上布鲁斯离家后不久，她也驾车外出了，开一辆绿色的希尔曼明克斯汽车，带着两个手提箱，一个珠宝盒，而韦勒并不知晓她此行的目的地。

里夫斯噘了噘嘴。他认为阿特尔顿夫人不大可能开车去火车站，那还不如出租车来得方便。她可能去了英国任何地方，但没留下任何线索。

遇到这种情况，警察厅常用“排除法”，就是说找不到一个人去了哪里的时候，可以先排除他们没去过的地方。如果阿特尔顿夫人开车出国，那就很容易找到她离境的港口；如果没出国，对所有车站进行地毯式摸排，很容易就能找到她把车停哪了。

警察厅有一部与各个警局保持连线的电话。里夫斯吃过午饭，回到警察厅时，每个警局都收到代号为“注意”

的信息，这工作效率不可谓不高。里夫斯一整个下午都守在电话前，还没到晚上，便已查知阿特尔顿夫人的希尔曼明克斯汽车停在南安普敦的车库里。西比拉让人给她的车除碳，说是到4月1日才会用车，在此之前做好保养工作就行。

得到这一结果时，里夫斯已经准备好要着手调查托马斯·伯勒斯。麦克唐纳认为，伯勒斯很可能也去了南安普敦。

麦克唐纳到小房子，按了几次门铃，还不见有人应声。他开始有些担心了，好在一脸惶恐的罗金厄姆过来开了门。

“唉，我真是愚蠢，害人精，”他脱口而出，“让你们如此奔波，真想打自己一顿！我想象了无数有关布鲁斯·阿特尔顿的恐怖情节，结果，刚才他刚打电话给我了。”

“你可算不那么焦虑了，我很高兴，”麦克唐纳不失礼貌地说，“不过，还请告诉我他说了什么。”

“当然，当然，您先请进。天哪，布鲁斯永远不会原谅我惹的这堆麻烦事！”罗金厄姆嘟囔道，“这样吧，总督察，如果此事造成了任何的损失，请告诉我，我都照单赔偿。”

“没什么损失，”麦克唐纳说，“再说开支也不归我管。如果可以的话，请借我用一下电话。”他径直走向电话机，给接线员打电话，指示他追踪刚才的来电。然后，总督察转向罗金厄姆。

“阿特尔顿先生说了怎么回事吗？”他问道。

“也没什么，就说很抱歉让我在巴黎白等了。因为他突然收到消息，临时去了北边，再过一两天还会给我写信。我紧接着问他在哪里，在搞什么鬼，结果，他还没来得及回答我，电话就断了！天啊！一切都太疯狂了！”

“确定是阿特尔顿先生吗？”麦克唐纳问。罗金厄姆凝视他的双眼，驳斥道：“我百分百确定，这就是我熟悉的阿特尔顿。”然后他不禁又喃喃道：“见鬼！别说那不是他的声音！我确定就是。”

“好吧，这可真是个好消息，”麦克唐纳回答道，“我没有反驳你的理由。哎，电话又响了，或许还是他。”

罗金厄姆飞快地穿过房间，抓起听筒。

“是你吗，布鲁斯？格伦维尔？怎么了？你见到谁了？”过了一会儿，麦克唐纳隐约听到电话那头的声音，有些模糊不清，但显然很是兴奋。罗金厄姆不时插嘴，突然冒出一句：

“要不要告诉他？当然了！等等，他就在这儿！等等，他过来了！天啊，别急着挂电话！你在哪儿？”

他转身把话筒递给麦克唐纳。

“是格伦维尔，说他刚在特拉法尔加广场见到德布雷特了，但是跟丢了。他现在在查令十字车站的电话亭。”

麦克唐纳拿起话筒，听着那头躁动不已的声音。格伦维尔说，他正要穿过特拉法尔加广场跟前的斯特兰德大街，红灯亮了，巴士向左转，这时他看见德布雷特就站在对面的人行道上。格伦维尔一激动，冲入车流，朝德布雷特跑去，结果不小心被辆摩托车撞翻在地。等他从一团混乱中脱身，德布雷特早已消失了。“他肯定走了有几千米远，”格伦维尔愤愤地说，“你们那该死的交通警察说要以危害公共安全罪传唤我，骑摩托车的家伙给送到查令十字医院了，简直是一团糟。”

“真不走运，”麦克唐纳说，“你确定是德布雷特吗？”

“当然了！我对天发誓，绝对是他！”格伦维尔辩解道，“在伦敦没有第二个人留那样的胡子，地狱里也绝没有！那家伙的皮肤黑黑的，明显就是个外国佬。他看到我的时候，浑身都不自在。我该怎么办？我把这事告诉了一个蠢蛋警察，他只是不停地说，‘先生，没关系，你不要激动。’我还能怎么办？”

“回家，让女房东给你做点好消化的食物，然后睡觉，”麦克唐纳劝解道，“我过会儿来拜访你。你这个笨记者，人现在早跑到天涯海角去了。你回去躺着，别乱跑。”

麦克唐纳把听筒放回原处，转向罗金厄姆。后者正从柜子里取出一瓶酒和几只玻璃杯，听到了总督察训诫格伦维尔的话语。

“抱歉，”罗金厄姆说举起杯子说，“我必须喝点酒镇定镇定。我这辈子还没干过这种蠢事，也请您喝一杯，消消气。你肯定见识过不少白痴，请多多谅解。”他刚开口时还是一脸沮丧，看到麦克唐纳的眼睛，不由笑了起来。他仰起头，笑着大声说：

“我真是蠢得可以，整天为那座该死的钟楼忧心烦恼。我之前认定布鲁斯遭人谋杀，德布雷特是杀人潜逃的罪犯，现在呢？10分钟工夫，发现布鲁斯好好的，德布雷特人在特拉法尔加广场。好兄弟，我知道这世界上从来不缺蠢货，但我肯定是最蠢的那个！”

“好吧，看来我也该打包走人了，”麦克唐纳回答道，“我们跟伦敦消防队一样，早习惯虚惊一场了。不过，我还是要带走那个手提箱，这样阿特尔顿先生回家后得费力来找我，刚好解释一下，为什么要把箱子放在不属于他的工作室地窖。”

“他必须要给个解释。我也可以放下这事儿了，”罗金厄姆说，“既然布鲁斯没事，我以后也不再插手他的事情了。这次完完全全长了教训。”

“你用不着自责，”麦克唐纳说，“我说过，换作是我，也会跟你做同样的事情。”

“唉，我这次越界了。”眼看客人打定主意要走，罗金厄姆说话间站起身来。“无论在舞台上还是生活里，我都没遇过这么戏剧化的事情。格伦维尔带我去那个见鬼的工作室时，我第一反应就是报警，一点都没有英雄主义。不过，英雄主义从来也不适合我。”

他看着麦克唐纳走到马厩改建的住房了，还不禁自嘲地笑着。总督察关上前门出去时，仍能听到他的笑声。

回到伦敦警察厅，麦克唐纳存放好证物手提箱，问了去拜访诺丁山房产中介——凯兰德和贝林公司的警察。

“找到我想要的人了吗，雷恩斯？”

“是的，老大。在上吊自杀的住户搬进来之前，韦瑟比在钟楼租住过三年。他约了9点钟跟你在钟楼碰面。”

“干得好！”麦克唐纳说，“我先抽空吃点东西。所以说，戴维斯的预感是对的？”

“他很少出错，老大。检测结果出来了，确定是血，而且是人血。”

麦克唐纳9点准时到钟楼门口，看到一个抽着烟斗的矮个子男人。

“请问是韦瑟比先生吗？”

“是我。你不会是想买那台老掉牙的平台大钢琴吧？钢琴倒真是不错呢。”

“是不错，”麦克唐纳回答道，“是你的吗？”他打开门，小个子漫不经心地走了进去。“有人说，按法律来看，‘现实占有败一胜九’，所以这东西十有八九是属于我的，我就是没费心搬走它。我住这儿的时候钢琴就在这儿，当时一些高音弦还好好的。混蛋们把这么一个好地方弄成什么样子了，以前真是一顶一的工作室。”

麦克唐纳拿出从格伦维尔手中取来的钥匙。“对了，我叫麦克唐纳，需要看看搜查令的话……”

“哪里哪里，用不着！有个很礼貌的年轻警察，告诉我说你想查探这块地方，请我领路。我很清楚，伦敦没几个人有胆子晚上来这钟楼，你觉得我怕你吗，小伙子？别想太多了，我可是科克郡[1]人。”

麦克唐纳笑了。“我这人行事比较谨慎。了解一下带你去‘停尸房’的人，总没什么坏处。”

“放心走吧，这里是伦敦最僻静的地方，就像是别西卜[2]的居所那般死寂，不过今天能听见雨声。”

他们一进去就打开灯，麦克唐纳说：“我想请问你，这里跟你之前待的时候有没有变化？请你四处看看。”

“这些混蛋把地板清扫了，”小个子男人愤恨地说，“有没有看到6号红貂画笔？那是罗伯逊的。没有吗？我喜欢那支画笔，能用来描绘圣徒和天使！这顶棚是干什么的？噢，都是这天杀的雨。对了，他不是雕塑家吗？”他边走

① 爱尔兰最南部的一个郡。此处形容该人见多识广、随性豪放。

② 宗教里的鬼王。

边说着些毫不相干的话。“看看那个画架，比利·杜维恩以前老是撞上它，结果现在它撑不住一个人，也撑不住一张画了。从前有只黑猫常来这里，名叫撒旦，是老鼠的大克星。小伙子，是你把壁龛封住了吗？我喜欢那个壁龛，以前我在里边雕了一个阿尔忒弥斯像。我是不是喝醉了，小伙子？那儿有没有壁龛？”

“请给我指一下具体位置。”

小个子走到墙边，凝视着原本是壁龛的地方。

“一定是魔鬼干的——这是魔鬼留下的标记。以前有个壁龛的，就在这儿。”

他摇摇摆摆走到对面墙壁，指着上面的一些痕迹。“这是我们的大本营，以前我和比利老来这儿玩飞镖，往壁龛里扔。左右手换着扔飞镖，如果连续扎在她的胸腹正中间，就能得10分，现在想想还觉得好玩！”

“嗯，很有趣。你搬走时怎么安顿她的？把她带走了吗？”

韦瑟比发出愉快的笑声，开始是低声轻笑，继而声振屋瓦。

“不，没有！她是这房子的一部分啊，跟那架大钢琴一样。临走那天晚上，我们在这里开派对，然后，把阿耳忒弥斯像放到了卧室的床上，让她去安慰下个住进来的可怜鬼。她真是美啊，周身裹着漂亮的服饰。伙计，我们可是创造了一位美丽的淑女，脸上涂着茜草玫瑰红，嘴唇上覆了迷人的胭脂红！”

麦克唐纳的嘴唇抽动了一下。

“我还是喜欢一个人躺在床上。”他说。韦瑟比仍在高声咆哮，顺手拍了拍他的背。

“朋友，我也是。我可没有睡在那里，我还想睡得舒服呢！他们说阿尔忒弥斯和钢琴还有小床都是屋内的装饰，我都不能拿走。看到那个小煤气炉了吗？有天我打开焦炉煤气，忘了点火，我们都以为它坏掉了。约翰·山德点着烟斗进来，打开炉门想看看哪里出了问题，结果眉毛什么的都给烧完了。”

麦克唐纳走到圣殿骑士酒吧，把这个叽叽喳喳的爱尔兰人交给梅丽珊蒂（麦克唐纳很好奇这名字怎么来的），让他喝上爱尔兰威士忌，可算是摆脱他了。总督察打电话要警察厅派人支援，然后一个人慢悠悠踱回钟楼，嘴里叼着烟斗，用漠不关心的淡然神情，看着高档街区里那些无忧无虑的居民。

进了工作室，麦克唐纳直接走向韦瑟比所述的壁龛，盯着早上就查探过的墙壁。墙上看不出任何有壁龛存在的痕迹，墙面完好无损，只是沾染了一些污迹，灰泥和周围的墙壁一样潮湿。他用一把小刀插进去，墙壁果然裂开了。麦克唐纳捡起脱落的碎片，用手指擦了擦，发现颜色较白，不同于普通的墙壁灰泥。碎开以后，也没有变成粉末，证实了他的判断："巴黎速干石膏——那家伙果然狡猾。"

警员到了以后，麦克唐纳给他们指定开凿的位置，警告千万小心。不出一会儿，隐藏的壁龛得以重见天日。剥开几厘米厚的灰泥，露出一块木板，紧贴着壁龛的拱门。壁龛高约1.8米，宽约0.6米。抽开木板的过程中，一串白色灰尘掉落，说明是巴黎石膏和生石灰的混合物；更大的碎片肯定是阿尔忒弥斯像的一部分。不多一会，一具用绳子捆绑、钉在墙上的干尸出现在众人面前。原来，这就是壁龛里的秘密。

麦克唐纳见识过不少可怕的景象，在场的人中属他最为冷静。他以解剖者一般的姿态冷静地看着遗骸，不去想象它曾经也是一个鲜活的、会呼吸的、有知觉的生物。不过，这边的任务一结束，他赶紧逃出去抽了根烟。

"头儿，你猜对了，"詹金斯高兴地说，"这人手段太高明了。"

"猜对了？！"麦克唐纳说，"还不如说是误打误撞。谁来辨认这具遗骸——一具无头无手的尸体？遗骸主人原本是个健康的大活人，到底会是谁呢，詹金斯？要是放在今天早上，我肯定会说，'要么是阿特尔顿，要么是德布雷特。'今晚我刚得知，阿特尔顿给一个非常了解他声音的人打过电话，也有人在特拉法尔加广场看到德布雷特。要是有人来认领这些遗骸，我们该如何验证？这可不好办！从表面看，死者身上没有疤痕或体貌特征，病理医师该如何辨别他的身份呢？”

詹金斯抽着烟斗说：“是呀，是很不好办，只能根据概率去推断了。”

麦克唐纳点头。“最大的可能性，德布雷特是凶手，”他说，“德布雷特是雕塑家，或者说他假扮成了雕塑家，他完全有能力用石灰抹上那面墙。这人的技法娴熟，阿特尔顿似乎不太可能有这种能力——但也不能百分百这样说。因为德布雷特住在这里，我们就想当然这样以为，都只是猜测罢了。他有时来有时不来，偶尔还在附近露面，说不定是阿特尔顿假扮他，也是有可能的。他待在这里的时候，就可以练习怎么刷墙。”

“话虽如此，我认为可能性不大，”詹金斯说，“手提箱呢？难道他是故意把箱子放在这里，好把自己牵扯进来吗？”

“他要是够聪明，还真会这样做，”麦克唐纳回答，“把箱子留在这里，刚好证明死者是他自己。人们会说，‘如果阿特尔顿是凶手，他肯定就把箱子拿走了。’也许一切尽在他的盘算当中。”

两个人默默抽了会儿烟，詹金斯继续说道。

“嗯，你怎么看那个电话？我觉得不大对劲。”

“一切都不对劲，伙计！有两种可能，要么罗金厄姆撒谎，不过我没发现他有撒谎的意图；要么阿特尔顿还活着，开始有些慌张了。他很了解罗金厄姆，生怕朋友去找警察，先跳出来稳住罗金厄姆，但万万没想到，朋友的行动比他想的迅速多了。”

“昨晚，那两人待在这个鬼地方，是谁在背后捣鬼？不是凶手，还能有谁？格伦维尔下巴上挨了一拳，对吧？”

“不，他说是头上挨了一击。我不认为这里还有其他人，除了些猫猫鼠鼠。我觉得这两个家伙是吓坏了。格伦维尔听到楼上有什么声音，从小房间另一头直冲过来，不小心被什么东西绊倒了，比如墙上凸出来的保险丝盒和仪表，导致电源接触不良，灯就灭了。那家伙横冲跌倒，撞上了画架——他的头显然不是被拳头打的，而是一根棍子还是棒子什么的。他被砸晕了，昏昏沉沉的，误以为有人攻击他。我也经历过这种事，在黑漆漆的地方撞上什么东西，以为被人打了。所以，罗金厄姆赶到他身边的时候，俩人都认定这里还有别人。我敢肯定这就是原因——除非格伦维尔使花招，故意把灯熄灭，把头撞在什么东西上。”

“很有道理。我们假设阿特尔顿不知道罗金厄姆报警，也不知道格伦维尔找到了他的手提箱，所以打电话来让朋友放心，自己便可多宽限几日。他的电话是从哪里打来的？”

“查令十字车站的电话亭。”

詹金斯吹了声口哨。“真有意思！10分钟后，格伦维尔从同一个地方打来电话，称看见了德布雷特。感觉真相已经不远了。”

“似乎有点太容易了，”麦克唐纳说，“假设格伦维尔会模仿阿特尔顿的声音，他有可能会从同个地方打来第二通电话吗？他没法伪造摩托车事故，目击证人太多了，还有，我们自己人也在那边。一个人可能会故意在头上撞出些瘀痕，要说为了假装事故而一头扎进车流，可太需要勇气了，简直就是自杀。”

“那我们现在该怎么想？”詹金斯嘟哝道，“有没有这种可能，阿特尔顿扮成德布雷特，在伦敦走来走去，打电话给各个朋友，还好好地聊着天儿？”

“不可能。当时，听到格伦维尔说有人故意把威士忌洒在他的脸上，我就确定对方是为了让他暂时看不见东西。他所看到的，也不过是别人希望他看到的。我还想过是罗金厄姆搞鬼，现在来看也不大可能。格伦维尔在查令十字车站看见德布雷特的时候，我和罗金厄姆都在梅菲尔待着，可以排除罗金厄姆的嫌疑。有一点倒是令人欣慰，要是那个留花白胡子的家伙真在查令十字车站的人行道上出现过，一定有人看到了，我们就能获得其他目击者的证据。”

“能确定动机就好了。”詹金斯沉吟道。麦克唐纳哼一声。

“动机？很多啊！阿特尔顿杀死勒索他的德布雷特；德布雷特因为阿特尔顿引诱他女儿之类的事情杀死他；格伦维尔想和阿特尔顿的监护对象结婚，因此起了杀意；阿特尔顿夫人怂恿托马斯·伯勒斯杀死她那讨人厌的丈夫，就像她在故事所讲的那样，用混凝土封印尸体。现在的尸体没有头也没有手，派对上的提议还有其他被借鉴的吗？要跟着这条线索，我们该去伦敦的地窖里寻找失踪者，还是派一组人马去探索白垩岩洞？”

“要这么说，那还不如去英吉利海峡看看。”詹金斯面露怒意地说。麦克唐纳接着说：

“你倒提醒我了。尼尔·罗金厄姆18号–星期三去了法国，25号–星期三返回。打电话的时候，我认真看了他的护照，上面盖了海关的章子。毫无疑问，尼尔·罗金厄姆出过国，所以说星期五给格伦维尔脸上泼酒的肯定不是他。要说，我们的护照管理系统还真是帮了大忙。”

詹金斯心不在焉地表示同意。他已陷入了沉思。

“见鬼，这压根儿就是场恶作剧！”他最后只说了这句话。

第七章

救护车载着残缺不全的遗体从钟楼开走。尸检工作成为刑事侦缉处的大难题。麦克唐纳和助手们起身离开，留下一人在大楼后面守着。富勒警探留在原地守卫，观察“停尸房”事态发展。富勒本以为这不过又是一个无聊的夜晚，每隔一会儿，就和值班人员互道注意，静静等待黎明的第一缕曙光照亮东方的天空。在他看来，挖出尸体，装进救护车运走，这里就没什么用了。“停尸房”秘密已经大白于天下，这个无人居住的房屋，跟伦敦许多类似的地方一样，只会偶尔再次引起警方关注。有那么一小段时间，“停尸房”曾常见诸报端，而后又回归阴暗无趣的模样，等待下一位房客。

人们常说，杀人犯总会返回犯罪的现场，富勒可不信这一套。他经手的案件不少，凶手埋藏好尸体以后，总是刻意与埋尸地点保持距离。

工作室后面的小花园也是一片漆黑。富勒坐在窗台上，思考着以前经手的案件。作为警察，他明白在谋杀案中尽早识别受害人身份的重要性。杀人犯将可以识别身份的部分全部移除，给刑事侦缉处带来了很大困难。要是识别不出壁龛里那具尸体的身份，找出真相必然是困难重重。

富勒正沉浸在思绪当中，忽然听到远处的午夜钟声。会是大本钟吗？他的思绪飞到几千米外，也许此刻南风乍起，钟声惊飞栖鸦。他正要起身，准备进屋里再巡视一圈，突然又改了主意，退回到灌木丛的阴影之中。原来，通向马路的那扇铁门上，生锈的铰链发出嘎吱嘎吱的声音。

富勒竖起耳朵，努力听是否有脚步声，但没听见什么。不一会儿，在街灯的投射下，一个人影浮现在大楼的角落。接着，一个男人出现了。他静悄悄地往前挪动，穿着绉胶底鞋，身披长长的雨衣，拉低的帽檐遮住了整张脸。富勒暗道："好家伙！"本以为只是无聊地独自守夜，却没想到会有意外之喜。他决定安静等待，伺机而动。

来者不像是借宿的流浪汉。在昏暗的光线下，仍可清楚地看出，此人衣着高级，帽子坚挺硬朗。他在门廊前停下，试探性地转动把手。（"小可怜，这样可打不开的。"富勒心中暗自说。）那人离他只有几米远，可以看出，不是麦克唐纳想找的留胡子那人，也不像是阿特尔顿。据报告，阿特尔顿瘦长灵活，身高近1.8米，脸瘦瘦长长，眼前这位显然体格健壮，甚至可说是大腹便便，帽檐下的双颊也相当饱满。

离开门，这人绕过大楼拐角到了煤洞，小心翼翼地走进那片窄小的区域，借助手电观察窗户里边。从反射的光线可以看出，这位闯入者脸色深红，肥头大耳的。又听到这人发现缝隙被堵住，小声咒骂几下，然后爬了出来。富勒决定采取行动。他用手电的强光照在这位不速之客身上，彬彬有礼地说："先生，请问您在这里做什么？"

"见鬼！"那位男士叫道，转过身去，作状想要离开，富勒马上挡住他的去路。

"见鬼，我在这里干吗和你有什么关系？"那人气急败坏地说，"我还想问，你在这儿干什么？我敢说绝不是什么好事儿。快滚开，否则我对你不客气。"

"先生，你不能这样，我是警察。我得请您来趟警察局，说明今晚的情况。"

"你到底想干吗？凭什么这样捉弄我？我才不要站在这儿听你胡说八道。赶紧让开！"

"先生，不行！"

"不行？该死的骗子，走开！"

此人猛然出脚，富勒往后一退躲了过去，好险没被踢中。面前的胖子身手出乎意料地敏捷，站定之后，马上又冲了过来。第二次完全不同，力气更大，打人者自己也累得满脸通红。虽然富勒是训练有素的刑事侦缉处成员，向来严守纪律，但无缘无故被人猛踹了一脚，再好的脾气也忍不住了。富勒强忍疼痛，决定给那家伙点颜色瞧瞧，直接把他按在地上，双膝抵在后背，狠狠咒骂了已跪坐地面的不速之客，给他戴上手铐。

另一值班警员闻声而至，脚踩在石板路上，发出清晰的声音。

“抓住他了？”警员问了一个毫无技术含量的问题。他本就有些愚笨，平日更是懒得跑动。

“我想是的。”富勒回说，“起来，这位先生，我没有以牙还牙，你就偷着乐吧。快起来，这可都是你自找的。跟值班人员去警察局，解释来这里的动机，还有为什么要攻击执勤警察。”

两人扭打期间，侵入者的高级帽子跌落，现在正被人踩在脚下，远没之前那么神气了。富勒清楚地看到对方乌黑蓬乱的头发，被激怒而涨红的脸，手被铐着，还想着要争辩一番。

“警官，”他开始说，“我错了，我是个白痴，刚才是我完全失去理智了。但是，你没理由把我铐起来。我就是对这个古怪的老地方有些好奇，想随便看看。你很清楚，我压根没有打算闯入。过去的就让它过去吧，我不会亏待两位的……"

"哦，想来这套？"富勒厌恶地说，"先是猛踢别人的腰，再给点好处，就想让人放过你，这可行不通。"

富勒又对另一个警察说："贝茨，我要说的就这些，你让下个拐角处的值班搭档接你的班，直到你回来。回去跟上级报告，这人行径可疑，想要进入钟楼，并在试图逃跑时袭警。先生，还有什么理由，请跟我的上级去解释！"他尽量温和地说完了这番话。

"好家伙，你是怎么悄悄溜进来的？"警员一边质问，一边押着人走了。

富勒恢复了平静，身上还有些疼。他坐在窗边，想着还会不会有人来，不过当晚并未再出现意外情况。

麦克唐纳跟平日一样，六点刚过就起床了。他正刮脸的时候，接到钟楼街区警司的电话。

"我也不想这么早吵醒你，"警司解释道，"富勒昨晚在钟楼抓到了一位名叫托马斯·伯勒斯的先生，这人行径可疑，在院子里游荡，为了逃跑，还踹了富勒一脚。他不肯解释为什么要去钟楼，只说是无聊闲逛。然后就干坐着，一言不发。我发现，把这种人关牢房里别管，让他好好想上一整晚，比什么都管用。看他的样子，是个有钱人。"

"好主意，"麦克唐纳回答道，"我马上就到。伯勒斯先生居然主动找上门了，我正好想见他。"

上午刚到8点，托马斯·伯勒斯就被带到地方警局的小办公室，见到了总督察。股票经纪人现在全然没了平日的和蔼淡然，满脸愤怒，麦克唐纳看他显然是受到了相当的惊吓。他一个劲地为自己辩解，麦克唐纳不得不打断他。

“你似乎还不清楚自己卷入了什么，”总督察最后说，“我们派人在钟楼工作室值守，是因为那里发生了一起谋杀案。你被抓的几个小时前，刚从那里搬出一具尸体。”

伯勒斯的脸色急剧变化，从愤怒转为铁青，本就往外凸的眼睛瞪成了铜铃。

“谋杀案？”他喘着气说，“不是……”他突然闭上嘴巴，把刚要蹦出来的话给憋了回去，努力让自己平静。

“这太吓人了，督察！我终于明白为什么警方的值守人员那么暴力了。我向你保证，我对谋杀案一无所知，一无所知啊。我去那儿纯属是好奇。我刚好经过，发觉那里很不寻常，没忍住想进去一窥究竟。督察，我不是窃贼，也不是流浪汉。这是我的名片，叫我的律师来就可以证明我的身份。”

“我没有怀疑你的身份，丝毫都没。”麦克唐纳说，他的声音令伯勒斯惊悸。“事实上，我一直很想跟你取得联系。你是布鲁斯·阿特尔顿先生的朋友吗？”

巴勒夫的脸又涨得通红。

“是的，我们很熟。”

“你最近见过他吗？过去这一周。”

“没有。我想想，10天前的星期二见过，再就没有了。”

“昨天早上，有人来警局，说阿特尔顿先生不见了。他没去在巴黎订好的酒店，朋友们很是担心。他们得知阿特尔顿的手提箱出现在钟楼的工作室，更是感觉惶恐万分。之后，经过我们的调查，在钟楼里发现了一具男尸。”

看伯勒斯的样子，仿佛下一秒就要晕倒了。看着他面如死灰的表情，总督察起身给他倒了杯水。

“谢谢，让您见笑了。我最怕的就是这种恐怖的事情，”伯勒斯虚弱地说，“太吓人了，你是说，找到阿特尔顿的尸体了吗？”

“我没这么说。我只是说，发现了一具尸体，身份还尚未确定。先生，现在您可以理解，为何警方需要您说明进入钟楼，在窗户旁边来回查探的缘由吧。我们封闭那扇窗户之前，从那儿是可以进入屋内的。希望您一五一十地说清过去十天的所有行迹，也许我们就能放弃对你的诉讼，直接放人。”

伯勒斯一动不动坐着，眉头皱起，下巴绷紧。

“督察，我什么都不说又会怎样？你们凭什么起诉我？”

“我会以涉嫌犯罪拘留你，先生。好好想想吧。你还对询问情况的警官施以暴力，这可不是什么好事。”

“我一时情绪失控而已，”伯勒斯恼羞成怒，“也没有造成实际伤害！”

“如此说来，说清你的行迹，又能造成什么伤害呢？警方想知道，为何大半夜的，你还会在那里出没？你离家已经一周多了，对吧？本来昨天我就想联系你，但苦于无法确定你人在何处。”

伯勒斯摇摇头，摆出一副固执的样子。“我什么都不会说的。听着，你不是发现了一具尸体吗？可能是阿特尔顿的，也可能不是。我帮你辨认尸体怎么样？我是很恐惧尸体，不过我愿意忍耐一下。”

“先生，要是你能辨认出尸体，我会很高兴的，”麦克唐纳说，“不过这个难度很大。尸体被人肢解，头和手不见了。”

“老天啊！”伯勒斯先生环视小房间，似乎想要逃出这里。“太可怕了，”他呻吟道，“我的天，太可怕了！”

“是很可怕。”麦克唐纳表示同意。伯勒斯双手捂脸坐了一会儿，抬头看看面前这个神情严肃的人，颤颤巍巍、有气无力地问：“这一切是不是场噩梦？”

“不，不，虽然很残酷，但这是现实。”麦克唐纳严厉地说，“你现在是在警察局，和你对话的，是刑事侦缉处的警员。我们正在调查一起谋杀案。这些都希望你搞清楚。”

伯勒斯先生咬起了指甲——这个习惯是麦克唐纳最讨厌的。

“听着，”伯勒斯说，“照你所言，这具尸体或许压根就不是阿特尔顿，有可能是任何人。所以，你没有理由把我和它联系起来。”

“是你把自己和它联系起来了。”麦克唐纳回说，“你最好认真回答以下问题。你知道阿特尔顿夫人现在哪里吗？或者，她离家后，最近一周时间人在哪里？”

“不知道，”股票经纪人冷冷地回答说，“我完全不知道。”

（“第一个谎言”，麦克唐纳默默记下。）

“听说过叫德布雷特的人吗？”

伯勒斯继续用力啃咬指甲，缓缓说道：

“督察，这样不行，见到律师之前，我不再回答任何问题。法律可是有规定的，我有权跟他说话。”

“是，”麦克唐纳同意道，“你到这儿来的时候，警方已经告知你的权利了。”

“我想，你没把事情调查清楚之前，是不会放我走了。我想要身干净的衣服，这个你没意见吧？”伯勒斯继续说道。

“当然，”麦克唐纳说，“你既然决定不回答任何问题，我也没必要在这浪费时间。请记住，你是因为去了钟楼，径直去往能进入屋内的地方才受到警方怀疑。你可以拒绝回答问题，但必须接受警方的例行调查，查明近期行踪。相信我，你最好主动说清昨晚去钟楼的缘由，免得给自己招来麻烦。”

“我已经都告诉你了。”伯勒斯不快地答说。麦克唐纳起身走了出去。

“你看他怎么样？”警司问道。

刑事侦缉处总督察麦克唐纳耸耸肩说：“可恶的家伙，不停地咬指甲，肯定是隐瞒了什么事情。他看起来很害怕，但他宁愿一言不发，也不敢说出自己的秘密。他要见律师，你帮他安排一下。他的律师比我更能让他明白状况——他会被拘留，然后等待调查。剩下的事情我来处理。让他吃点好的，人都快虚脱了。”

麦克唐纳接下来去了梅菲尔的小房子，到那儿时，罗金厄姆正在吃早餐，面前放着一份《泰晤士报》。

“哎，要因为误导警察逮捕我吗？”秃头的罗金厄姆愉快地问道。（麦克唐纳看着他，发现生活风平浪静的时候，他就是个富有的乐天派绅士。）

“不，先生，”总督察回说，“我有个坏消息要告诉你，怕是会影响心情，请做好心理准备。”

“真抱歉，”罗金厄姆说话间，脸色沉了下去。“哎呀，别再叫我‘先生’了！发生什么事情了？”

麦克唐纳和盘托出，罗金厄姆推开烤面包和果酱餐盘，胳膊肘支在桌上，双手掩着脸。

“天哪！”他嘟哝道，“果然还是发生了惨剧！那可怜的家伙是谁啊？”

“问题就在这儿，”麦克唐纳说，“所以我希望你能认真仔细地再回想一下，昨天电话里的，确定是阿特尔顿先生的声音吗？”

罗金厄姆沉默了一会儿。他点燃烟，抬头向上，皱起眉头思索一会儿，说道：

“我当时没想别的，”他疲惫地说，“一点都没怀疑。但是现在——天知道啊！如果你是我，会怎么回答这个问题？要是我发誓说电话那头就是布鲁斯，结论是什么？显而易见，等于是送他上绞刑架。还不如把壁龛里的那具干尸当作他……”

“这样想毫无益处。”麦克唐纳平静地说，“我非常理解，要保持完全的客观公正并不容易，但是，唯一能指引我们找出真相的，只有真相本身。”

他安静的声音传递着强大的说服力，罗金厄姆倒有点畏畏缩缩了。麦克唐纳一口喝干，又从壶里倒了杯黑咖啡，趁着滚烫嘬了一口，继续说道：“一五一十告诉我那通电话的确切情况和内容。”

罗金厄姆深吸一口气，说：

“我当时正在调广播，想听一个国外的电台。正忙着鼓捣呢，电话铃突然响了起来。我拿起听筒，好让铃声停下，然后说了句：‘不管是谁，都等一下。’我便接着去调频，一直调到没有杂音。我告诉你这些，是想说明为什么我让对方等了一会儿。大概过了几分钟，我才对着电话说，‘喂，是谁？’布鲁斯跟平日一样，简短直接地说，“‘是你吗，尼尔？我是布鲁斯。’我插了一句话，这你能理解吧？他继续说，‘对不起，巴黎的事儿让你失望了。我收到一封急信，赶去北方了。过几天就回来。’然后，我问他人在哪里，在做什么，结果电话就断了。有一点很奇怪，我觉得他打的是长途电话，声音听起来很微弱，线路杂音也多，像是从大陆另一头打来的。但是，我没听到接线员提醒说时间到了。”

“你当然不会听到提醒。他用的是自动交换电话机，从查令十字车站打来的。”

“查令十字车站！格伦维尔打电话的地方？天哪！太疯狂了。”

“现在想什么都没用，必须找到确切的证据。”麦克唐纳回答道，“你听到一个声音，用阿特尔顿先生惯有的生硬方式，说了几十个字，而从听他自报姓名开始，你心里已经认定就是他了。这不是一个很有力的证据。此人来电目的明确，就是要证明阿特尔顿先生还活着。抛开这点，我还需要知道一件事，阿特尔顿先生有没有雇佣过按摩师，或者洗土耳其浴的习惯？”

罗金厄姆点点头。“有的，他在俱乐部有位固定的按摩师。”

“这说不定是识别尸体身份的最佳切入点，当然也不一定。”麦克唐纳说，“我猜他没动过手术吧？身上有没有外科手术的痕迹？”

“据我所知没有。凶手为什么要这么残忍，至少也要留个全尸啊！”

“很简单，”麦克唐纳回答说，“掩盖尸体身份，说不定还真查不出来。找按摩师来下定论恐怕并非易事。就我所知，尸体没有任何明显标志。对了，给你的咖啡里加点白兰地吧，你看起来精神不大好。”

他感觉罗金厄姆快要晕厥过去了，起身走到餐具柜前，拿着一瓶白兰地回到桌边，给凉咖啡里加满。罗金厄姆感激地喝了下去，说道：

“我无法摆脱那种恐惧——把身体切下来……”

“那就想点别的。”麦克唐纳生硬地说。过了一会儿，他又补充道：“人已经死了，尸体受到什么对待都没有意义，我倒还愿意把自己的尸体捐给解剖学校做研究用呢。不用把死人和活人混作一谈。你能再回答几个问题吗？”

罗金厄姆点点头。“好吧，您请问。”

“托马斯·伯勒斯先生是从哪儿冒出来的？”

“伯勒斯？”罗金厄姆的声音里满是惊讶之情，“他跟这事有什么关系？我不喜欢那家伙，阿特尔顿也讨厌他。他正追求西比拉呢，虽然有钱，可是非常抠门，还有个咬指甲的毛病。”

“这点我也注意到了，”麦克唐纳说，“昨天后半夜，他想从钟楼院子的煤洞钻进去，被警察抓个正着，到现在还不肯说明意图。”

“伯勒斯？不会吧？！我是不喜欢他，可不觉得他那么胆小如鼠的人能做出这种事。”

“讨论谋杀那晚他也在对吧？我猜他当时并没提出任何想法。他是演艺圈人士吗？”

“他自诩为业余爱好者——在伦敦西区的慈善募捐活动里，穿着绸缎马裤，扮演过彼得·特兹勒爵士。你应该也见过那种表演。”

“我知道。他和阿特尔顿关系很糟糕吗？”

“或多或少吧。阿特尔顿在家里有地位的话，伯勒斯压根进不了他家门。”

“阿特尔顿夫人是不是很想找个离婚的理由？”

“有可能。她从没跟我提过这事——我们俩不太谈起她的丈夫。”

“你知道阿特尔顿先生在外面有情人。我想再问你，能详细说下这个情况吗？现在不能继续沉默下去了。”

罗金厄姆摇摇头。“不，我对此一无所知，这不是我能管的，我也尽量不去过问。要说在外寻欢这事儿，我也会用其他语言来描述，比如萝卜白菜各有所爱（法语：Chacun à son gout）。”

麦克唐纳点点头。“好吧，那我不再打扰了，很抱歉带来这么糟糕的消息。”

罗金厄姆皱起脸。

“真见鬼，我都不知道该怎么办。”他回答道。

在去往帕克村南的路上，麦克唐纳又想到了另一种可能性。如果是阿特尔顿杀人复仇，又写信给伯勒斯，骗他说可以当场抓住阿特尔顿，把他引到钟楼，好让这位股票经纪人陷入困境？——但为什么又要打电话呢？是谁伪装的吗？这又是为了什么？为了证明阿特尔顿还活着吗？

“我预感他已不在人世了。”麦克唐纳自言自语道。

第八章

麦克唐纳想出了询问阿特尔顿按摩师的主意，好去识别身份。按摩师未必可以给出绝对的判断，但大大提高了辨别身份的可能性。

服侍阿特尔顿沐浴、给他按摩的人叫詹宁斯，冷静、稳重、能干，得知警方请他辨别尸体，他既没大惊小怪，更未表示抗议。他坦诚地表示，自己没法百分百认定是谁，但他心里觉得肯定没错了。阿特尔顿身上没有疤痕、没有胎记，也没有其他标记，这更让他坚定了自己的判断。他早就注意到了，几乎每个人都有某些与众不同的标记，唯独阿特尔顿没有。詹宁斯建议警方询问阿特尔顿的足科医生，此人也赞同詹宁斯的观点。加上从阿特尔顿的裁缝和鞋匠手中获得的尺寸数据，麦克唐纳几乎可以完全肯定，钟楼工作室发现的尸体就是阿特尔顿。

麦克唐纳和管家韦勒谈了很久，从他那里得知，德布雷特过去3个月里时常打电话到家里。奇怪的是，电话似乎总是趁阿特尔顿不在的时候打来。不过，阿特尔顿在家时经常亲自接电话，韦勒也说不准他是不是接到过德布雷特的电话。他只能确定，自己接到操一口外国口音的德布雷特电话时，阿特尔顿先生总是不在家。德布雷特偶尔留个口信，让阿特尔顿给他回电，从未留下过自己的号码。韦勒说，直到最近，阿特尔顿才开始对德布雷特的来电表示愤怒。罗金厄姆和格伦维尔都在家那天，得知德布雷特又打电话，是他唯一一次公开大发雷霆。

麦克唐纳请管家韦勒坦率地说，他是怎么看待德布雷特来电这事儿。两人来到图书室，麦克唐纳请拘谨的管家坐下，放松一些。管家一副若有所思的样子，用又粗又胖的拇指，揉搓着自己干干净净的大脸盘。

“警官，我确实想过这件事。这本不关我的事，不过人都是有好奇心的，管他是仆人还是主人。阿特尔顿先生爱冒险，热衷于各种赌局，还经常去法国观看比赛，像是法国汽车俱乐部大奖赛那种。我猜测德布雷特可能是跟他打过交道的国外赌博公司的人。起初，阿特尔顿先生手气很顺，到后面运气就不好了。德布雷特的语气变得不善，阿特尔顿也开始焦躁不安，我猜恐怕是赌博场上的情势不容乐观。其实，他在赌场上一直都是运气不佳。我觉得，赌注经纪人是在催他结清账款。警官，这只是我个人的看法。”

“听起来很合理，”麦克唐纳同意地说，“你听德布雷特的声音，像是赌注经纪人吗？”

“警官，我觉得不太像，反正一开始也没往这边想，”韦勒说，“他非常有绅士风度，但是法国人嘛，又很难判断，他们总是很优雅，连服务员都很有气质。我觉得德布雷特是位绅士，哪怕他后来语气显出不耐烦了，仍然给人很有教养的印象。后来我也想过……”他犹豫了一下，没接着说，麦克唐纳鼓励他继续。

“继续说吧，韦勒，和我谈话不需要有所顾虑。如果你的话跟案子无关，自然毫无影响；如果相关，那务必要让警方知道。”

“那太好了，警官。阿特尔顿先生的生活，跟一般人不同，与阿特尔顿夫人公开决裂对他也没什么好处。他喜欢舒适的生活，有一流的服务，高级的食物，有钱人的俱乐部，可以享受土耳其浴，去游泳、击剑、开车等。阿特尔顿先生待人友好，手中宽裕的时候对我们也很慷慨，而且服务得好，一定会得到他的赞赏。不过，他讨厌我们工作有任何不如意的地方。要是亚麻布床单收拾得不像平时那样舒展，洗澡水温度不够，浴盐没有放到位，他都会毫不客气地指出来。我刚才说了，阿特尔顿先生爱享受，可是，这些高级的生活，亚麻布床单、温暖的浴室还有各项服务，并不是由阿特尔顿先生自己花钱买来的。”

麦克唐纳点头，对韦勒这番坦诚表示赞赏，并说：

“我想，是由阿特尔顿夫人买单的对吧？他们自结婚以来就是这样吗？”

韦勒摇摇头。“不是这样的，警官。阿特尔顿先生以前赚过很多钱，花钱也很大方。他最开始写的书赚了不少稿费，还花高价买了房子，但这些钱用完以后，阿特尔顿夫人就开始承担家庭支出了。你知道吗？她曾在《可爱的女人》里演主角。那部戏演了两年，场场爆满，观众都争着要去看西比拉·阿特尔顿。他们两人在职业生涯最巅峰时都赚了很多钱，区别是夫人很擅长理财。警官，我可能说太多废话了，总之我的意思是，阿特尔顿先生一边享受着家里的舒服，一边还在外面找乐子，夫人如果知道这些的话可不会高兴，也许先生就是因此招来了勒索。”

“有道理，”麦克唐纳表示，“你为什么说阿特尔顿先生的生活跟一般人不一样？”

韦勒又揉了揉他干净的脸颊，说，“警官，可以麻烦您去看看阿特尔顿先生的写作室吗？看完您就明白我的意思了。”

他们现在是在图书室，小巧而雅致，精心设计的书柜直通屋顶。地板上铺着波斯地毯，著名的“生命之树”设计赫然在目，椅子和写字台都是喜来登红木制成，桌脚呈球形和爪形，凸显出桌腿考究的工艺。这间华丽小屋的门厅颇具独创性，算得上是建筑佳作。麦克唐纳从图书室最左边的门走出，站在一处小楼梯的顶端，身后是八角形客厅的折叠门。从他所处的平台开始，楼梯蜿蜒往下，一路伸向大厅的木地板。两人穿过温室，才到前门。温室里盛开着春天的鲜花，风信子和鸢尾花的味道沁人心脾，弥漫在整个空间。大厅——宽度是长度的三倍——两端摆放着两个专门摆放雕像的拱形壁龛，不过现在里面空空如也，只剩几盆白星海芋，舒展开优雅的叶子，在背后乳白色凹墙的映衬下越发迷人。

麦克唐纳发现这些壁龛的尺寸与钟楼相近，不由对这些精美的室内设计生出了反感。韦勒带他到温室入口旁的小门前，说：

“阿特尔顿先生的写作室在花园尽头的一座小房子里，是改造来的。他创作的时候，必须不受任何打扰，家里人都清楚这点。他进到写作室里，不管有任何事都不能去打扰。”

韦勒略带浮夸的语气把麦克唐纳逗乐了，他猜这些话常被用来吓唬新雇的用人。韦勒带总督察穿过小花园，继续说道：

“阿特尔顿先生经常等家里人都休息了，仍然熬夜写作。我不止一次在冬天早起的时候，看到他的灯还亮着。”

穿过草地，他们来到那座有点荒诞却又迷人的、模仿多立克神庙的小小写作室。韦勒从口袋里拿出钥匙开了门。

“警官，您看，这里有两扇门。我们进来的这扇，我有钥匙，可以进来打扫；另一扇直接通向马路，只有阿特尔顿先生有钥匙。他写作的时候，就会从里面反锁这扇门……”韦勒用手指了指他们所处的那扇门。

“我知道了。”麦克唐纳说。韦勒平淡无趣的讲述让他感觉有些好笑，他的薄唇不禁抽动着。“如你所说，他有非比寻常的习惯，从这点确是能看出一些端倪。”

“是的，警官。”韦勒走到写字台前，若有所思地重新摆放了一下台灯。“希望你能为我俩的对话保密。有时，阿特尔顿先生没写作的时候，也会把灯亮一整夜。”管家的目光停留在第二个门口。“他的写作室的确有您所说的‘端倪’，谁知道他什么时候在里面，什么时候又不在呢。”

听到这番话，麦克唐纳有些震惊。“韦勒，你是说，阿特尔顿先生有时会在外面过夜吗？”

“先生，希望您能对此保密。我认为很可能是这样的。”

“阿特尔顿夫人对此知道多少？”

管家似乎有点不太确定。“警官，从我来说，我觉得她应该毫不知情。阿特尔顿夫人演戏期间，一回家就睡觉，她跟阿特尔顿先生已经很久——呃——没有住在同一个房间里了。可以说，他们试图遵循这样的相处之道：宽容待人如待己。不过，这点他们都没有完全做到。”

“阿特尔顿夫人有没有询问过她丈夫的事情，韦勒？”

“从来没有。阿特尔顿夫人跟下人们打交道是非常谨慎的。”

“非常感谢你，韦勒。我们正在努力寻找阿特尔顿夫人现在的住处。她回家以后，恐怕会大吃一惊。”

韦勒的脸上始终显露着对于主人的关切，这种职业精神可以说十分令人钦佩。现在，他的语气里又多了几分好奇。

“听到这个消息我很难过，警官。您是有关于阿特尔顿先生的坏消息吗？”

“恐怕是的。我现在还不能完全肯定，目前而言，情况很不乐观。”

“警官，希望这样说您不会介意。您第一次来调查的时候，我就有种不祥的预感，家里一直都怪怪的，我很担心还会再出事。”

“再出事？”麦克唐纳问道。

“警官，我是个迷信的人，透过玻璃看见新月，我就觉得还会有麻烦出现。阿特尔顿先生离家前一天去参加了葬礼，死者是相当年轻的安东尼先生。那太让人难过了！他开车横冲直撞的，结果在波洛克山刹车失灵，人就这么没了，真是一场惨剧。还有，大概一年前，阿特尔顿先生的哥哥在巴黎去世，是开煤气自杀的。”

“这两次你都透过玻璃看到了新月？”

“没有，警官。安东尼先生是在餐桌上打翻了盐，盖伊·阿特尔顿先生是餐桌上第十三个落座的，这些都是我亲眼见到的。”

“这和家里糟糕的气氛有什么关系，韦勒？”

男管家看上去很不自在。“如果您住在这所房子里，自己就会感觉到的，他们总是相互指责，恶语相向，一点也不友好。”

“你觉得托马斯·伯勒斯先生怎么样？”这个突如其来的问题显然令韦勒大为吃惊。他抬了一下光秃秃的眉毛，微微点头，似是在表示赞同。

“请原谅我的冒昧，我必须说，此人极其可恶，警官。”他回答道。

“我猜，他不是阿特尔顿先生的朋友吧？”

“当然不是，这事说来很是滑稽，”韦勒继续说道，一副誓把所有秘密全盘托出的姿态。“俗话说，天下乌鸦一般黑，依我看还是得看人的本性。阿特尔顿先生不是完美的，我也坦率告诉你了，但我就是喜欢他。哪怕我身上只剩最后5镑钱，也愿意借给他。那个伯勒斯，哼，大俗人一个，没品的家伙。知道他富得流油，但我就不愿意服侍他。他压根不懂得尊重仆人，他就是那种人。”

“还有别的吗，韦勒？”

“我想说的就这些，警官。跟您说阿特尔顿先生在外面的风流韵事也不算什么——说到底，绅士们都差不多。不过，女主人我就不好说了。”

麦克唐纳不禁被逗乐了。韦勒用看似谨慎的措辞，表面仿佛什么都没说，但这一连串的含沙射影又像是把一切都说得明明白白。不过，他认为现在该打断韦勒，让他先停到这儿。

“韦勒，我需要翻阅阿特尔顿先生桌上的文件，这是搜查令。现在阿特尔顿夫人不在，我们还得推进调查工作，等她回家以后再向她解释。”

管家看上去很是不安。“警官，你认为，阿特尔顿先生遇到意外了吗？”

“恐怕是这样的，”麦克唐纳说，“还不能完全肯定，也说不定是弄错了。这样说吧，现在发生了一场事故，一名男子身亡，身份还没确定，尸体受到了很大的损害。”

“太难过了，我真的很喜欢阿特尔顿先生。”

麦克唐纳径直走到充满现代气派的书桌前，试了试抽屉——全都牢牢锁上了，看样子得花不少时间才能打开，除非动用蛮力。还有许多其他事情要处理，麦克唐纳决定先给房间贴上封条，后边再回来查阅文件。他把自己的计划告诉韦勒，问他是否有写作室的其他钥匙。管家说，除了手里这把——他怀着悲伤的心情交给了警察——其余都在阿特尔顿手中。

“你自己有吗？”

“没有。事故发生后，他还遭人抢劫了吗？”

“也许吧，目前尚不确定。”

韦勒的样子有些怪异，麦克唐纳很是吃惊，他居然没有询问“事故”到底什么怎么回事。

麦克唐纳给韦勒留下指示，让他去伦敦警察厅指认证物A——手提箱，如果有东西遗失，就做个记录。感谢完管家的帮助，麦克唐纳接着又去了位于林肯菲尔兹酒店的托德伯里、韦瑟和古德柴尔德事务所。

托德伯里先生看着一脸严肃，待人接物倒是周到有加。麦克唐纳向他简单叙述了过去24小时的全部发现，托德伯里听着听着，脸色越发凝重了。他从未涉猎过刑事诉讼，平日工作都是和解、遗嘱、租赁、抵押之类的，他几乎是本能地在帮助客户远离任何诉讼。

遇到再争强好胜的客户，他一贯的建议都是“庭外和解”。

“总督察，我震惊了！从未听过如此骇人听闻的事情，简直难以置信！我反复告诉过阿特尔顿先生，他不会有好结果的，可是，这——”这个干瘪的小个子男人苦闷地抹了一把脸。

“是太让人震惊了！”麦克唐纳说，他低沉严肃的声音里充满着同情。“很抱歉让你这么难过，实在是因为查明真相是我的职责所在。根据我们掌握的证据，死者应当就是阿特尔顿先生了，我们要研究的下一个问题就是——谁有杀人动机？相信你也知道，为着钱、复仇、憎恨或嫉妒而杀人是最多的。你能告诉我，阿特尔顿先生的死能让谁获利最多吗？”

律师摊开双手，表示无能为力。“谁能获利？没有人，亲爱的警官大人，没有人——他连人寿保险都没买。布鲁斯·阿特尔顿是那种缺乏远见的人，从前轻轻松松赚了大钱，真是来得快，去得也快。他压根没投资，全挥霍掉了。我坚持让他买了婚姻保险，现在已经在兑换这份保险单了。据我所知，除此以外，他只有一身的债，未来哪怕有多少版税收入，都不够拿去还钱的。”

“他有可能获得遗产吗？”

“据我所知没有。他的家族非常不幸，两代人以前，还算是富人阶层，但把财富全挥霍了，全都不善理财！”

“我很想了解一下他的家人。”麦克唐纳说。托德伯里先生继续说：

“他的亲戚，跟家族财产一样，都消失无踪了。年轻的费尔死后，我才开始关注他家，才知道整个家族只剩两位成员活着。不对，可怜的布鲁斯一死……天哪！天哪！真是不敢相信！亚当·马香老先生是这家子唯一活着的人了，到今年6月，他就满一百岁了——这家人的境况真让人不敢相信!”

从这位谈吐稍显无聊的资深律师口中，麦克唐纳获得了阿特尔顿家庭的全部情况。好在托德伯里说话富有逻辑，简单明了，提供的信息也相当精确：

托德伯里父亲执掌公司期间，就知道这家有马香兄弟——哥哥叫亚当（仍然健在），弟弟叫詹姆斯，还有一个妹妹叫玛丽·安妮。三人都继承了19世纪早期家族煤矿的丰厚收入。亚当早早就把财富挥霍一空，去了澳大利亚生活，挣到几千镑，拿去投资了一项回报丰厚的年金，每年能赚300镑。后来，他以鳏夫的身份回了家乡。他有一个女儿，艾丽西亚，嫁给了做小生意的澳大利亚商人，他的外孙安东尼·费尔最近来到英国，不幸去世。安东尼继承了父母（都已经去世）每年50镑的收入，现在这些钱留给了他在墨尔本的朋友。

詹姆斯·马香生于1840年，有一个女儿珍妮特，1890年嫁给了股票经纪人亨利·阿特尔顿。亨利·阿特尔顿在投机中损失了全部财产，1910年自杀，妻子不久以后也去世。他们身后留有两个儿子，1891年生的盖伊和1892年生的布鲁斯。盖伊在一家运输代理公司干得不错，但在战争时期遭过毒气伤害，后遗症导致身体状况崩溃，1935年自杀。

马香兄弟的妹妹玛丽·安妮1841年出生，爱上了名叫布罗斯的阿尔萨斯艺术家，两人门不当户不对的，还跟着他一起出国了。安妮七十几岁去世的。托德伯里的父亲在安妮去世时调查了她的财产，发现她丈夫（“一个恶棍，完完全全的恶棍！”）知晓她身家不俗，肆意赌博和投机，把钱物全都挥霍了。为着玛丽·安妮的婚事，亚当·马香跟她争吵过，怪她毫不珍惜自己的财富。

“这个家族真是个谜。”托德伯里说。他手指并拢，透过眼镜仰视着麦克唐纳，眼里现出些许激动。“我父亲告诉我，他们在父母去世后都爆发了激烈争吵，每个人都想继承更多遗产，这种痛苦也延续到了下一代。艾丽西亚和珍妮特争遗产的时候，一度到了写信辱骂对方的地步，亚当还曾使出浑身解数让珍妮特和亨利·阿特尔顿跟他们的儿子闹出矛盾。这个家族就是这么奇怪，甚至可以说是疯狂。”

麦克唐纳忙不停地记下托德伯里先生的叙述，不失时机地插话问道：“那也就是说，布鲁斯·阿特尔顿是马香家族唯一的继承人了，除非玛丽·安妮，也就是后来的布罗斯夫人，还有个不为人知的后代。你对她的情况了解吗？”

“没有确切的消息，”托德伯里回答道，“玛丽·安妮60年代初结的婚——我记得是1862年。她去了阿尔萨斯山谷，我父亲认为她在那儿生了一个男孩，不过色当发生动乱，加之阿尔萨斯被吞并，很难获得任何可靠的消息。家族那个分支彻底失去联络了。”

“我倒觉得一切事实马上就要呼之欲出了，”麦克唐纳说，“我们不妨大胆假设这个家族可能会出现的遗产争夺。如果亚当·马香留有一笔可观的遗产，布鲁斯·阿特尔顿的哥哥和表弟安东尼·费尔相继身亡，那他就成为家里唯一的遗产继承者——除非玛丽·安妮·布罗斯还有一个儿子。假设，她确有儿子或女儿，而那位德布雷特是玛丽·安妮·布罗斯——原名玛丽·安妮·马香的孙子或外孙的话……”

律师先生摆动双手，表示强烈的反对。

“亲爱的警官，这全是你凭空想象出来的，一点都没有合理性！你有什么事实可以作为依据……”

“哦，我有，”麦克唐纳一脸平静地反驳道，“我是在发挥想象力，但都是有据可依的。在不长的时间里，家族里两条生命相继死去，只剩布鲁斯·阿特尔顿作为继承人——如果家族还有遗产可继承的话。现在，他也被残忍地除掉了，同时一个名叫德布雷特的外国人似乎与他身故有所牵连，这么看来，把德布雷特与阿尔萨斯的布罗斯家族联系起来，还会显得夸张吗？如果我的猜测成立，德布雷特就是阿特尔顿的表弟，而且至少有一个证人认为，阿特尔顿跟德布雷特长相相似。”

托德伯里先生一脸不解。

“总督察，你想太远了。”他反对道。

“对，我是有些异想天开，不过你得证明，或者反驳我这些或许荒诞的联想。你是不是没有负责亚当·马香先生的事务？”

“是这样的，”托德伯里先生说，“他跟我父亲吵翻了——天哪，那是多少年以前的事了。我认为，从法律的角度来说，他几乎没有什么事情需要处理。他的律师是克利福德楼上的皮德顿先生。我跟那位律师偶尔会互通有无，最近，他说老先生——布鲁斯·阿特尔顿称他是‘老兵’——似乎又要不久于人世了。过去这20年里，他都快死了多少次了！每次都大张旗鼓，把家里人全叫到床前。”

“安排后事，说明遗产分配？”麦克唐纳有些激动地说，“当然，我知道，所有敬业的律师都不愿公布客户财产信息。”

“非常正确，完全正确！”托德伯里先生插了一句。

“这非常正确，不过现在的情况是，我们向你披露了机密信息，伦敦警察厅也需要你分享信息。我只想知道，这位‘老兵’过去40年，靠领取年金攒下了多少财产？”

“哎呀!”托德伯里先生低声说,“你这么一说，前面的推测倒真没那么离谱了。假设他在45年里每年存50英镑，再加上利息。”

“准确说是复利。”麦克唐纳说。托德伯里先生开始奋笔疾算。

“天哪!”他惊叫道。“45年，每年50英镑，百分之五的复利，粗略估计的话，得有9000多镑。”

“一笔不小的数目,”麦克唐纳说,“除了年金以外，他手头可能还有钱，用于维持日常生活。比如，把利息拿出来使用。”

托德伯里擦擦眼镜，低头看着眼前的数据，大脑高速运转着。

“你也可以问问他,”麦克唐纳语气严肃地问道,“过去几年，布鲁斯·阿特尔顿或他的哥哥，或任何带有外国口音的人，是否打探过亚当·马香先生的任何事情?”

律师跟个孩子一样喜怒形于色，刚算出数字时一脸兴奋，听到这席话脸又沉了下去。

“天哪！太可怕了！总督察，我有点不太明白你的意思。”

“没事儿，先生。我自己都有点不太明白。你说得对，仓促下结论是不对的，不过，我的猜测是有可能的。试想一下，这个德布雷特掌握了一定数量的信息，和布鲁斯·阿特尔顿取得联系，还试探了阿特尔顿对马香先生了解多少。你说过，阿特尔顿家族的人脾气都不稳定，他父亲自杀了，'老兵'显然也性情古怪，脾气暴躁。这家人啊，脑子似乎都有点小问题。"

看到托德伯里先生一脸愁容，麦克唐纳没有继续追问，转而说道："先生，能帮忙找到我想要的信息吗？我自己问也可以，不过没法得到准确的数字。我不忍心再让其他律师跟你一样，受到警察厅的注意。"

托德伯里先生对此一笑置之。"亲爱的警官，我懂你的意思。你知道自己的猜测缺少事实依据，现在要把调查确认的责任交给我，而不是贵部门！别怕，我一定不负重托。45年的资料啊！希望能找到！"

麦克唐纳衷心感谢了托德伯里先生的体贴细心，便继续发挥聪明才智，发掘更多的可能性。

"如果阿特尔顿和德布雷特都知道这笔财富，很可能会争相成为遗产受赠人。这样来看，钟楼里的尸体就是率先遭到暗算的那个，也就是说，德布雷特先出手了。但是，为什么伯勒斯要插手此事？他都知道些什么？案子里不确定因素太多了！可以确定的一点是，9000镑是笔可观的财产。"

第九章

麦克唐纳跟托德伯里聊完快16:40了，他回到警察厅，记下了一整天的工作：

8:00-8:15	警局，盘问伯勒斯。
9:00-9:45	小房子，罗金厄姆。
10:00-12:00	作家俱乐部。带詹宁斯去停尸房。
12:15-13:15	帕克村南，韦勒。
13:30-14:30	帕格尼店，午餐。
14:45-16:00	林肯菲尔兹酒店，托德伯里、韦瑟和古德查尔德事务所。

麦克唐纳一边坐着喝茶，一边听里夫斯报告当天的收获。里夫斯素来严守成规，照例按时间顺序一滴不漏地叙述，最重要的反而等到最后才说。他一早上都忙着追查有关阿特尔顿夫人的线索，可惜没有什么成果。彻夜跟韦勒

问话，他得知阿特尔顿夫人的母亲朗特里住在布莱顿，便坐上南方电力的列车，一个小时就到了著名的度假胜地布莱顿（他表示很喜欢这次的旅程）。10点30分的时候，他已经在里维埃拉酒店与西比拉的母亲谈话了，不过这位女士并不热衷于这样的会面。朗特里夫人说自己饱受神经衰弱症的困扰，正在接受精神分析师治疗。她坐在沙发上跟里夫斯说话，时而懒洋洋的，时而又显得暴躁。她一再向里夫斯保证，不知道女儿现在在哪儿。西比拉跟她一样，也在休养，警察压根没必要为了阿特尔顿的行踪大惊小怪。布鲁斯古怪得很，常常不打招呼，几天都不回来，又不说要去哪里，一点都不在乎别人的心情，所以警方不该为这种事情侵犯她（朗特里夫人）的隐私。她已经这样跟罗金厄姆说过了。她觉得罗金厄姆小题大做，算是彻底失去理智了。里夫斯离开那家香气浓得刺鼻，温度奇高的酒店，没得到任何讯息，但可以确认一点：朗特里夫人吓坏了，她现在极其惊恐。

“她或许是怕女儿和托马斯·伯勒斯的关系被人知道了，”麦克唐纳说，“我想，我们很可能会查证托马斯与阿特尔顿的妻子共度了一周时光——这也是为什么伯勒斯死撑着不开口说话。这些人真是奇怪啊，里夫斯。阿特尔顿夫人既想离婚，又想把自己变成受害者。她想假扮恺撒大帝的妻子，自己出轨，还让丈夫举证为她辩白，好获取世人的同情。不如我们去英国广播公司工作吧，要是朗特里夫人和西比拉为此受到惊吓，那也不是我们的错。为了照顾她们的感受，已经浪费了太多时间。我很高兴你喜欢布莱顿，不过，从办案的角度来看，这个地方没有什么用了。”

“确实，它不会给我们带来什么有用的信息了。”里夫斯承认道，“好在我及时出发，赶上了11:25的火车，12:30就能回到维多利亚车站了，真够快的。我一直在追查德布雷特。那个叫格伦维尔的家伙没有夸夸其谈，昨晚德布雷特的确出现在特拉法尔加广场了，他的外表非常惹人注意。”

里夫斯从查令十字邮局附近的报纸小贩口中得知，那个留花白胡子的男人是特拉法尔加广场的常客，总会站在那里聆听各种言论。国家美术馆的门卫看见他有次被警察赶走，因为他在石板路上画画，想挣点钱花，妨碍了道路畅通。据报纸小贩说，那个“花胡子海狸”表面看着倒像是有钱人来的。里夫斯继续调查（有时得给受访者送上些小礼物），与特拉法尔加广场上随处可见的游手好闲之人聊天，这些人有失业的，无业的，露宿街头的，在穷人专去的廉价旅馆过夜的，垃圾堆里拾荒的，靠路人施舍生活的，什么人都有，总之就是一群生活落魄的家伙。他们都非常了解那个外国佬，他穿着很上档次，西装和鞋子还很体面，不像是穷人，但他四处游荡，除了身上的钱没见其他财产，偶尔会睡在教会军和救世军为伦敦流浪汉开办的旅社。里夫斯一家一家走访，不断听到有人说见到了德布雷特过夜。

“他使用各种各样的名字，”里夫斯说，“最常说自己叫巴伯勒。他英语说得很好，不知道是不是故意为之，说话带着明显的口音。”

“巴伯勒，”麦克唐纳沉思道，“也许是——蓝胡子的意思？[①]请继续讲。”

“有人说他行径有些怪异，”喝了一大口茶，里夫斯继续说道，“但都说他本性善良。有个曾当过演员的老家伙说，巴伯勒肯定在这一行干过。他喝上几杯酒，就能歇斯底里讲上几个小时，什么老掉牙的情节剧啦，什么莎士比亚啦，又是法语又是德语的。他从未进过警局，这点可以确定，所有局里都没他的记录。说最后看到他是在国王十字车站后面的廉价旅馆。他大约一个月前住在那儿，有趣的是，他好像手头很宽裕。那天，他穿件干净的衬衫，在厨房给自己做排骨吃，然后几周都毫无影踪。从我获得的信息看，人们大都是圣诞节前看到过他。”

“现在还是不知行踪吗？”

---

① 巴伯勒英文 Barbler 与胡子 Barbe（法语词）接近。

“是的，老大，不过肯定很快就能抓到他。”

“里夫斯，这事哪里怪怪的，我听着不对劲。现在听我说吧。”

麦克唐纳讲述了从托德伯里那儿获得的信息，说完以后，里夫斯表示：

“嗯，我也认为这事够荒诞的，但似乎也有合理性。这位德布雷特——或者说巴布勒、布罗斯什么的——不管他叫什么了，反正他不知怎的知晓了马香的财产，打电话给阿特尔顿询问情况。两人交换意见以后，迅速清除了可能继承遗产的其他人。德布雷特很可能常跟阿特尔顿要钱以维持生活，但阿特尔顿受够了他没完没了的要求。忍无可忍之下，阿特尔顿去了钟楼，打算了结德布雷特的性命，不料反遭对方杀害。这样看来就很清楚了。最初，阿特尔顿为德布雷特提供资金，租下了工作室。没猜错的话，是阿特尔顿在一直给他钱。”

“德布雷特很聪明，把自己塑造成住在伦敦廉价旅馆里，看起来疯疯癫癫的，落魄的，但是无害的人，这样等他需要装死的时候，就不至于惹人怀疑。需要的话，他花不了几个子儿，就能找个不在场证明。那些可怜虫，为了几镑钱什么话都能编出来，这点你很清楚。他还真是老奸巨猾，不折不扣的老狐狸。”

“那他怎么连刮胡子这点常识都没有呢？”麦克唐纳问

道，“告诉我为什么？你能明白吗？反正我没想清楚。”

里夫斯抬起下巴，开动脑筋思考。麦克唐纳继续说道：

“回到开头，假设德布雷特是布罗斯家的后代，他刻意接近布鲁斯·阿特尔顿。两个人手头都比较紧张，一起谋划着怎么能赚个几千镑。我相信肯定是有这样的可能，因为这个家族近期不止一人突然死亡，实在不正常。也许跟你说的一样，阿特尔顿提供资金，而且给中介的信息是没法查证的。德布雷特看中钟楼，开始有了新的谋划。他住进去，偶尔也回老地方露面。他在圣殿骑士酒吧谎称自己是雕塑家，这样囤积大量的巴黎石膏也就不会惹人怀疑。你说得对，他真是老奸巨猾。不过，有个问题，他为什么要在阿特尔顿的两位熟人面前展露容貌？他不遗余力地吸引罗金厄姆和伊丽莎白·莉的注意，用意何在？看起来像是在自找麻烦，称得上是愚蠢，可他其他时候都显示出了过人的智慧，这又是为什么呢？”

“我也没想明白。”里夫斯承认道。

“除此以外还有一人。仔细想想，格伦维尔也有可能看到过他的容貌，看得不清楚，但也是看到了。三个不同的人都见过德布雷特，他自己自然也明白这点。接下来，他设计谋杀，肢解尸体，藏尸，然后逃跑。可是，过了一个星期，就大摇大摆的，带着他那愚蠢的胡子在街上乱晃，恨不得所有人都能看见。他肯定知道，格伦维尔会告诉警察他给人家脸上泼酒的事情。”

“那，他是不是聪明过头了？”里夫斯争辩道，“要辨认出那具尸体并不容易。首先，德布雷特认为，他的藏身之地是不会被发现的，直到米迦勒节[①]那天有人闯入。他想让人误以为那具尸体是自己，而阿特尔顿是凶手。”

“他不刮胡子就有些蠢了，”麦克唐纳说，“这么一个工于心计的罪犯，似乎在这儿留下了漏洞，我在想……”

他端着空茶杯走进蓝色的书房，最后说道：

“我懂了！他冒险出现在年轻冲动的格伦维尔面前，就是为了证明自己越来越强大了，然后又找个地方剃光须发，消除自己的标志，再以普通人的样貌出现。你知道我们怎样才能找到他吗？等‘老兵’死了，他肯定要冒出来继承遗产。他要是不来，里夫斯，我就退休去种地！我敢打赌是这样。”

“我可没这么笃定，”里夫斯小心翼翼地回答，“我知道德布雷特以前当过演员，莉小姐也这样觉得。老大，你看过西比拉·阿特尔顿的表演吗？”

麦克唐纳摇摇头。“没有，我跟詹金斯一样，看现代喜剧浑身膈应。”

---

① 基督教节日，每年 9 月 29 日。当天民众会进入教堂举行庆祝活动。

“我见过她，长得也就那么回事儿吧。”里夫斯沉着脸说，“我倒认为伯勒斯是杀人凶手的可能性比较大，靠着女演员提供的谋划，他去出手也是顺理成章。长官，你亲自查查看就知道了，这个‘花胡子海狸’听着是个好人，就是头脑不太好使。也许他是个身无分文的底层人士，跟着巡演剧团演出过，后来沦落街头。我们可以猜测，阿特尔顿夫人花钱雇他出现，引人生疑，然后暗中指使她的绅士朋友（伯勒斯）去动手。”

“他从哪儿学会了专业的打石膏手艺？”麦克唐纳问，“还有，他昨晚去钟楼干什么？”

“为了什么？手提箱啊，长官。”

“没见他带着牛皮纸和细绳，”麦克唐纳思忖道，“我很喜欢那个叫格伦维尔的家伙，他很有头脑。对了，你帮我接下电话。”

里夫斯放下话筒时咧嘴一笑。

“是帕克村南的来电，阿特尔顿夫人回来了，想跟你见一面。我说什么来着？她要保释托马斯·伯勒斯先生的，还真是忠诚的爱啊！”

“回来终结一切，这个可能性更大。里夫斯，你再好好梳理一下‘花胡子海狸’的线索。”

“如果你预感是对的，‘花胡子海狸’是罪魁祸首，可就复杂了，”里夫斯闷闷地说，“我们明天早上必须登报寻人。

你知道阿特尔顿先生离家时身上带了多少钱吗，长官？”

“价值20英镑左右的国库券，”麦克唐纳回答道，“足够吸引‘花胡子海狸’来取趟钱了。恐怕你要反悔了，10分钟前，你还认为‘花胡子海狸’是个无害的人，压根是被人恶意中伤的无辜者。”

“每次咱俩预感不一致的时候，总是我出错，长官。”里夫斯说。

麦克唐纳带着强烈的好奇心去了帕克村南，既是出于破案的需求，也是因为想要亲自一探究竟。他很好奇西比拉·阿特尔顿戏剧性的出现是为了何种目的，她突然回来的缘由是什么？是托马斯·伯勒斯求救，还是她戏剧性的天性所致？

阿特尔顿家的大门敞开，出现在总督察面前的不是友好的韦勒，而是一位美丽的女仆。她穿着时髦的蝉翼纱围裙，里面是件黑色塔夫绸连衣裙。瞥了一眼女仆姣好的面庞和整洁的头发，麦克唐纳想好了怎么打招呼。

“先生有何贵干（法语）？”

他知道，只有法国女人才能把女仆装穿出这样的高级感。

“我找布鲁斯·阿特尔顿夫人。”他拿出名片，法国女人示意他进去，并关上大门。女仆带他穿过芳香四溢的温室，登上富丽堂皇的小楼梯，到了最左边斜对着图书室的门。女仆端着托盘，带他往房间的方向走去。麦克唐纳站在门口朝里看，墙壁上贴着暗银色壁纸，悬挂着银色金属烛台，紫色鸢尾花高傲地立在银碗里。地板上铺着轻盈柔滑的银灰色地毯，窗帘和整个室内装潢都采取了鸢尾花般的亮紫色调。麦克唐纳看着看着，生出一种不真实感，眼前这一切仿佛是造价昂贵的芭蕾舞台布景。三月份的傍晚天色仍是灰蒙蒙的，房间里显示出明暗交错的样子。长长的窗户两侧挂着紫色丝绸窗帘，折射出一道道柔和的光线，透过珠帘照在烛台上。

女佣回到门口，说:“先生，请进（用法语）。”麦克唐纳踩着丝绸地毯进去，向坐在杉木火炉前沙发上的女士微微鞠了一躬。

无数戏剧迷都可以证明，西比拉·阿特尔顿永远都是最光彩夺人的存在。她肤如凝脂，吹弹可破，亮黑的头发宛如丝绸一般光滑，额头饱满，头发从中间分开，别在小巧的耳朵后，低低地扎了起来。

她抬起灰色的大圆眼睛望向麦克唐纳，黑色眉毛描绘成完美的弧度，但脸上全无表情。西比拉穿着纯白色的丝绸茶会女礼服，背倚紫色的垫子，目不转睛地凝视着访客。

“是阿特尔顿夫人吗?”

“是的，总督察。不知能否告知，为何最近您要频繁到访我家？”

（“她要来这套啊。”麦克唐纳对自己说。）

她挥手示意，让总督察坐在右边的椅子上，转头看他的动作。麦克唐纳感觉自己仿佛参演了一出精心策划的戏剧，拉开帷幕，女一号和侦探都在法式落地窗前登场了。（“身穿红色绸缎裙的蒂尔布丽娜气到发疯，她的好友，穿着蓝色制服，全然是冷静自若的模样。”他的脑海里不禁浮现出这样一幅场景。）

他回答说：“夫人，相信您肯定听说了我进行调查的原因。”

“我什么都无法肯定，”她冷冷地回答道，“我好不容易能有个机会度度假，回来却发现警察厅霸占了我家，仆人们是说不清楚怎么回事的，所以只能麻烦进行调查的警官了。”

“很好。”麦克唐纳回看她的目光，试图分析浓妆粉饰的背后，藏着一个怎样的人。“我们部门调查了诺丁山的钟楼工作室，在那儿的地窖发现了阿特尔顿先生的行李箱，里面装有他的护照和只够几天用的衣物。我们了解到，阿特尔顿先生并不在家，也没去在巴黎订好的酒店。”

他停了下来，观察旁边的女人脸上是否有焦虑或情绪激动的迹象，结果一无所获。除了掩饰不住的轻蔑，她毫无其他表情，穿着白色哑光拖地长袍，像尊雕像那样坐在原地，仿佛都没有呼吸。

“我这番话让您难过了，真是抱歉。”他继续说道。不过，因为他太有人情味，语调难免有所变化。面前是那个男人的妻子，他那可怜的遗体昨晚从封印的壁龛给搬了上来，麦克唐纳很不情愿要把这些经过告诉他的妻子。

他继续说：“通过进一步的调查，我们有了一个可怕的发现：一具男尸被藏在钟楼工作室的壁龛里。很抱歉要告诉您这件事：警方有充分的理由认为，那是布鲁斯·阿特尔顿先生的遗骸。”

他刚说完，壁炉架上的水晶钟开始发出恼人的鸣叫声，一副丝毫不受影响的样子。钟表悠悠地响了六下，报时的声音那么清晰，又那么令人难以忍受。

西比拉·阿特尔顿仍然一动不动，抬起灰色的眼睛凝视表盘。麦克唐纳发现，她的演员素养已然到了登峰造极的地步，丝毫不会流露出任何表情。接着，她的眼神落回手上，在长袖的遮掩下，隐约可见她握紧粉白的手掌，猩红色的指甲嵌进了肉里。

“为什么说有充分的理由认为那具尸体是阿特尔顿先生？没有人能够指认吗？他是没有朋友，还是没有仆人？”

这声音冷冷静静，毫无任何感情，麦克唐纳因着人性而产生的同情与怜悯全被浇灭了。他觉得，这个女人就像刚才报时的钟表一样，全无任何情感。

“朋友和仆人都没给警方提供什么有用的信息，”他平静地回答道，“尸体只剩下躯干和双腿了。我请了阿特尔顿先生的按摩师来帮忙，他认为这具残骸就是阿特尔顿先生，我觉得他的判断很可靠。通过其他人的说法和尸体各项数据，更加可以确定这个观点。很抱歉，我认为尸体身份应该没有什么疑问了。”

“那么，你认为我丈夫被人谋杀了？”

“这是目前可能性最大的判断。”

西比拉·阿特尔顿突然挺直腰杆坐起身，双肩显出僵硬的样子，一动不动地盯着麦克唐纳。

“总督察，谢谢你的坦诚。我请你如实以告，你没有丝毫隐瞒，没有拐弯抹角，所以我也该一五一十地告诉你。谋杀是很可怕，很可恶，谢谢你，也感激你，尽最大可能减少这件事给我造成的恐惧。这么说吧，这消息对我造成的冲击，跟在报纸头条读到类似的新闻没什么区别。我对布鲁斯早没感情了，他把一切都毁了。我不是在抱怨，也没有故意装成婚姻里受伤的妻子，但我也哭不出来。我能为他哭，那都是很久以前的事情了。”

她起身在丝绸地毯上来回走动，裙摆悄无声息地飘过，形如姿态婀娜的蛇。麦克唐纳也站了起来，看着她，不由自主地心生厌恶。他不禁想起加尔文主义人性本恶的理念，极度想要谴责这个面无表情，空有美丽皮囊和曼妙身姿的女人，她艳红的指甲，血红的嘴唇，都令人无比反感。不过，他突然意识到，自己让个人的负面情绪影响了判断，努力回归了客观公正。

“夫人，作为负责这项调查的警员，向您询问是我的职责所在。”

她在炉火前站定，停止焦躁不安的来回踱步，麦克唐纳感觉自己也放松了些许。她坐进沙发，说:“好，继续问吧。警官，请给我拿杯酒，我需要喝一杯。”

刚从过去几分钟的紧张气氛缓和过来，她提这样的要求十分合情合理，麦克唐纳对自己说。她说话的声音，对着墙边柜子比画手势，又增强了她自带的戏剧性效果。总督察走到酒柜跟前，看起来像是象牙制品，镶着银色金属边，里面的鸡尾酒瓶和调酒器倒是稀松平常。他把杜松子酒和苦精混合，满心厌恶地自思道:“给你杜松子酒！真是够可以的!”他把杯子递给了瘫坐在沙发上的女士。西比拉接过酒杯，抿了一口说道:

“你想问我什么？我不知道有什么能帮到你。”

“我想，你应该听过德布雷特这个名字。”

西比拉灰色的眼睛直勾勾盯着麦克唐纳。“是，但也只听过名字而已，不知道那人是谁。”

“请告诉我你是怎么知道这个名字的？”

她转过身，定定盯着时钟。

“一个自称德布雷特的人打电话来找我丈夫，有过那么一两次吧。听他口音是个外国人，但从没说他是什么来头。后来，他给我写过信。”

她停顿了一下，麦克唐纳一言不发，于是她又继续刚才的话。

“我跟你说了，我和阿特尔顿之间早没感情了。他压根不关心我，心思都跑别人身上去了，这事儿我清楚得很。总督察，我不愿长久忍受痛苦，所以我想的是，一找到证据，就跟他离婚，但他太善于隐藏了。我不愿屈尊雇个私人侦探，就一直在等待机会。有天这个叫德布雷特的人给我写信，说只要我愿意付钱，他就帮我收集丈夫出轨的证据。他要了50镑，给我证据以后再支付。我回信说，他一找好证据，立马按要求付款。”

“你的信寄到哪里了？”

“查令十字广场的一个地址。他的信我还留着，可以给你看看。不过，我外出这段时间，居然还收到一封信，真是吓一跳。我没跟任何人说去了哪里，应该没人知道我的位置，可这个德布雷特居然写信寄到了我在新福里斯特的住处。他说，如果我在3月26日晚，也就是昨晚，派个值得信任的人去诺丁山钟楼工作室，就能拿到想要的证据。”

“这下该托马斯·伯勒斯先生出场了。”麦克唐纳心中暗自说道。

“我说过了，这家伙怎么找到我的地址，让我很是吃惊。有一点倒是显而易见，他的私人侦探还是什么的，肯定很出色，能帮他找到任何想要的信息，否则他不可能获得我的地址。我以为他说的是真话，便委托一位朋友昨晚去了钟楼。”

四目再次相对，此时她的眼中倒是流露出些许情绪。麦克唐纳定力极高，决不会轻易沦陷在西比拉·阿特尔顿的魅力之下，他心想，这双眼睛多像上学时玩的灰色大弹珠啊，可是那里面藏着什么？想要窥探他对此事的看法吗？

“你朋友叫什么名字？”他冷冷地问道。她摇摇头说：“除非见到本人，否则我不能说出他的名字。”

麦克唐纳坐下，一脸平静地盯着她，思考下一步该怎么做。最后，他决定这样说：“这事儿我可能不需要你的帮忙，托马斯·伯勒斯先生昨晚在钟楼被捕了。”

她用手捂住嘴，满脸的惊恐之情在麦克唐纳看来仿佛是戴上了精心设计的面具。（“从演员的角度来说，她还是很专业的。”他心里默想。）

“被捕——怎么回事？”

“原因很多。首先，伯勒斯先生想要闯入一栋近期发生了谋杀案的大楼，他打算钻进去，遇到值班警察询问，结果伯勒斯先生暴力袭警，因此才被捕的。警方要求说明前去钟楼的原因，但他坚决拒绝做出任何解释。”

“你现在清楚他这样做的原因了，”阿特尔顿夫人平静地说道，“他要解释，就得把我牵扯进来，所以他不愿意。”

“你的解释内容丰富，但不包括你自己，”麦克唐纳冷淡地说，“现在，你最好向警方说明自上周三离家以来的所有行动。”

阿特尔顿夫人用略带可怜的探询眼神看向麦克唐纳，总督察脸上毫无波澜，在脑海里对自己说：“要是你认为这样就能蒙混过关，可想得太简单了，西比拉·阿特尔顿。”

第十章

西比拉·阿特尔顿一扫开头对警方的不满，精心编出这套说辞，其间还佐以眼泪攻势，但麦克唐纳十分清楚，显然都是捏造出来的，他自己随时也能编出这么一个故事。

韦勒那天还真说准了：天下乌鸦一般黑。阿特尔顿夫人没有询问丈夫去巴黎度假打算做什么，而是很有效率地编出一套谎话，给自己的“休养疗法”正名。

她开车离开伦敦，去了南安普敦（里夫斯证实了这点），把行李箱留在火车站，车停在车库，然后返回车站，跟守时的托马斯·伯勒斯先生会面，取回行李，两人一起驱车到林德赫斯特和布罗克赫斯特中间的一处农舍。

麦克唐纳后来发现，对于想避开旁人关注，偷享奢靡生活的人来说，那儿是个好去处。屋舍与主干道之间隔着一片林间空地，四周金钟柏树篱高高耸立，几乎完全遮蔽了进来的道路。现代化电气设备和管道系统为有钱人提供各种便利设施。麦克唐纳之后去了那里，看着大理石浴室不禁感到些许讽刺意味。他仔细审视屋内布满迷人绿植的下沉式浴缸、天花板上的镜子、淋浴还有供暖装置，还发现了平屋顶上的“日光室”，精心设计的玻璃面板和电加热棒方便喜爱阳光的人们随时都能享受紫外线。西比拉提到这个地方（昂蒂布）的时候，说是“村舍”，当下麦克唐纳脑海中浮现的还是都铎时代那样的老旧木房子。起初他对这座房子毫不在意，只想找到阿特尔顿夫人和伯勒斯先生在昂蒂布共度十天的佐证。他猜想西比拉自然不会动手做家务，便询问由什么人为他们服务。她的回答倒是非常痛快，说是附近的乔布森夫妇。伯勒斯先生请他们照看房子和花园，主人过来住时，他们下午会来打扫，这期间她和伯勒斯要么开车兜风，要么就待在日光室。食物由福特纳姆和梅森公司提供，装在篮子和箱子里送过来。他家的食物堪称完美，任是这两人再挑剔，也找不出任何毛病。

麦克唐纳耐心听完她的叙述，最后提出一个直截了当的问题。“按你的描述，似乎没人能证明你的说法。你住小屋的时候，乔布森、他的妻子，以及任何其他人都没有看到你？我猜伯勒斯先生偶尔会见乔布森，跟他下达命令，但没有外部证据来证明你和伯勒斯先生整段时间都待在那里吗？”

“当然没有，”大理石灰的眼睛流露出轻蔑之情，“要是有任何人能知道，我就不会冒险去了。乔布森两口子非常能干，说什么他们都能明白，都能照做，用不着下达命令。他们负责打扫卫生，搬运东西，拿的报酬也是很高的，断然不会干涉与己无关的事情。”

“要说，这些人有点正常人类的好奇心，对伯勒斯先生或许还有些好处。”麦克唐纳冷淡地回应。

一种非常真实的恐惧首次浮现在他对面那张习惯了假面的脸上。

“我不明白你的意思，你在暗示……”

“夫人，我没有暗示任何事。伯勒斯先生因他的行为会受到密切调查，他昨晚在钟楼的行径不可避免地引起警方关注。对了，如果你能把德布雷特的信交给我，就太好了。”

这时，西比拉·阿特尔顿突然哭了出来。麦克唐纳全然无法断定，她是在展现精湛的演技，还是一时情绪失控难以自已。

过了一会儿，房间里只剩下她的啜泣声（声音掌控得堪称完美，不会过大，也不会过于夸张）。麦克唐纳起身，走到电铃前。

“您今天精神压力太大了，夫人。”他礼貌地说，言语之间带着难掩的几丝讥讽。这位女士听闻丈夫死讯时，全无任何反应，精神强大着呢!“我把女仆叫来吧。”

西比拉坐了起来，手里还拿着一块手帕，断断续续地说：“不，不用。对不起，我现在才开始后怕。我给你信，都在楼上的保险箱里。”

她站起来，一边继续摆弄着手帕，一边轻步移出房间。麦克唐纳走到窗台附近，拉开窗帘，再打开玻璃门，那扇门直接通往栏杆围起来的低矮阳台。这房间的温度和香气都令他不舒服。他深吸一口外面寒冷潮湿的空气，站在窗前，一只手拉着窗帘，突然发现有人在正下方的花园里走动。他从口袋里掏出手电筒，朝下面照过去，原来是管家韦勒。韦勒一脸困惑，仍不失礼貌地问：“您好。”

“你在做什么?”麦克唐纳问。

韦勒回答说：“总督察，我好像听到有人在花园里，所以想去看看您贴的封条是不是完好无损。我觉得您最好也去看一下。”

“好的，我去看，你最好待在自己房间里，韦勒。”麦克唐纳建议道。

麦克唐纳回到满是银器的房间，拉上窗帘，心想要是封条被人动了，那写字室的钥匙可能会被拿走。他正思考这事，没一会儿西比拉·阿特尔顿就回来了。

“这是你要的信。”她说。

麦克唐纳拿过信，开始细细打量。对方用了薄薄的灰色纸，显然是外国产的，看笔迹像是出自德国人之手。细长形的字体里，到处可见德国人特有的标点顿句。落款日期1月25日，地址是“查令十字广场509号布兰科（转）”。

信中写道：

夫人，想必你已经知道你丈夫布鲁斯·阿特尔顿先生的不忠行为，如果想要他出轨的确凿证据，我可以提供给你。我把证据给你，如无异议，请支付价值50镑的国库券。若同意上述条件，随后告知付款方式，相信您会按约支付。为证明我的能力，送上一份见面礼：您丈夫习惯随身携带小钱包，内袋有张照片，信中附上了那张照片的复制品。

顺颂时祺！

路易·德瓦隆·德布雷特

“你保存照片和信封了吗？”麦克唐纳问道。

她点点头，递给他一个信封，质地和信件基本一致。

“我都保留了——当时不知道照片是没处理好的，桌子上放着晒了几分钟太阳，彻底变黑了。”

麦克唐纳从信封里抽出一张小照片，正如西比拉·阿特尔顿所述，已经完全变黑，只能看到发亮的浅紫色，还有些许指纹。

“你是不是看了阿特尔顿先生的钱包，确定照片跟信中所述是否一致？”

“是的，我看了，”西比拉·阿特尔顿雪白的牙齿用力咬紧她鲜红的嘴唇。“德布雷特说得对，里面装着一张年轻女孩的照片。是个漂亮的乡下女孩儿，脸圆圆的，眼睛有茶碟那么大。对了，你结婚了吗，警官？”

麦克唐纳被这突如其来的问题吓了一跳。

“没有，夫人。”他生硬地回说。

“那你就无法理解我看到那张照片时的感受。我把它放回了布鲁斯的钱包，绝对不能让他知道我看过照片的事情。我给路易·德瓦隆·德布雷特写信，告诉他，只要他提供证据，必会如约支付50英镑。这是我收到的回信。”

她又递给麦克唐纳一张纸，与第一封信相似，上面写着：

女士，这事包在我身上。

路易·德瓦隆·德布雷特

“这之后，你再没有收到信，直到寄到昂蒂布的那封？你带来了吗？”

“没有，我给伯勒斯了。”

“我还需要看看那封。”麦克唐纳说，“夫人，从你的陈述中可以看到非常重要的一点：谁有可能知道你住在小别墅里？他们又是通过什么途径获得这条信息的？”

“我想不出来，”她回答说，“跟谁都没说，压根没有，这你可以理解吧。我只告诉女仆路易丝说，要跟安妮特·坎普夫一起去做为期十天的皮肤治疗和减肥。我不在的时候，就把路易丝送回布洛涅的家里了。我不喜欢自己不在家的时候她在，她总爱在其他仆人中挑拨离间。我向你保证，没有告诉任何人。”她十分真诚地说。

“既然你收到了那封信，说明你离开之前已经有人知道你的目的地，或是在你离开伦敦的时候跟踪你。你肯定在小别墅里没人看见过你，那就只有这两种可能了。”麦克唐纳说完，她耸了耸肩。

“我不知道。我无法想象这一切都是怎么发生的。要是有人跟踪我，那一定特别善于隐藏，我本身就是警惕性很高的人。你知道的，我不想让布鲁斯知道，而且我也不信任他。”说这话时她语气回归了冷淡。“他还说要去巴黎，谁知道去了哪里。反正我开车去南安普敦的时候非常小心，确定没有车跟着。”

“你们住的别墅是伯勒斯先生的吧？”麦克唐纳问道。她点点头。“是。”

“你以前在那儿住过吗？”

她沉默了好一会儿，才回答了这个原本很简单的问题。

“是的，住过一两次。”

“我认为，有人一定是知道你在那儿住过，所以这次你不说目的地就离家，他们便断定你在昂蒂布。要证明这点并不难，你说自己是开车出去的，那行踪很容易就暴露了。”

“为什么有人要这样做呢？”到这时，西比拉已经完全放弃了故作冷漠那套，声音里满是焦虑。麦克唐纳发现，很难去判定她的本质，永远也无法确定她什么时候在演戏，什么时候没有。不得不承认，她的演技真是到了炉火纯青的地步。她最后一个问题惹恼他了，那么愚蠢，那么天真，哪里符合西比拉·阿特尔顿的本性。

她身体前倾，又用惯常那样深不可测的目光看向他。

“我告诉过你，对丈夫的死一无所知。还有，那个叫德布雷特的家伙，他只是想从别人的不幸遭遇里赚点钱花。”

麦克唐纳差点要笑出来，她居然用“不幸”描述自己，真是滑稽至极。

“我无权评论任何人的道德品行。”他反驳道，“不过你有没有想过，德布雷特既然选择以这样的方式接近你，会不会也用类似的方式接近你丈夫？他能知道你丈夫的钱包里装着照片，那就不难想象，你离家时，他也会想办法找到你的住址。你这样的不告而别可以说是在自找麻烦。你认为，德布雷特打电话给你丈夫有可能是为什么事？”

“肯定不是讲我的事情。”她马上答道，“知道为什么吗？他没完没了的电话早把布鲁斯激怒了。我丈夫要是能知道任何让我丢脸的事，当然是很高兴的，德布雷特也可能想从他手里拿钱。但是，实话告诉你，布鲁斯手头很紧的，他把钱全拿去享乐了。他不想和我闹得天翻地覆，否则就非得搬出这个家不可。这么舒服的生活，他可不想放弃，你要明白这点。”

麦克唐纳要是能说出心中的想法，那必然是高声控诉：“你们两口子真是天生一对，一样的惹人厌恶！”不过，他只是站起身，郑重其事地说：“我必须带走这些信做进一步调查。你可能知道，我在阿特尔顿先生的写作室入口贴了封条。你有那个房间，或者里面桌子的钥匙吗？”

她摇摇头。“没有，我从没进去过。韦勒有把钥匙。”

“夫人，谢谢你如实相告。警方调查期间，希望你好好待在家里。我想，近期你没有外出计划吧？”

西比拉·阿特尔顿目不转睛地盯着他，显然是想弄清总督察如此严肃的声音背后到底是何含义。麦克唐纳说话时没有讽刺之意，但他很快反应过来自己的话语可能会被误解。

“好，我会待在家里，直到你解开谜团。你认为，是德布雷特杀了他吗？”

“我还不知道。”

“什么时候进行死因调查讯问？”

“明天。警方会正式发通知给你，建议你照惯例让律师陪同。”

麦克唐纳礼貌地鞠躬告别，走出房间，很高兴终于离开了这个过度香馨的温暖房间。

走下漂亮的小楼梯，麦克唐纳看见韦勒站在温室里。男管家满脸愁容地走过来迎接他。

“长官，我担心自己跑去花园的举动，让您误以为我没听从指示。”他开始说道，“我感觉听到了脚步声，所以跑出去查看，发现夫人的法国女仆正在她不该去的地方四处打量。”

“请转告她，不要多管闲事，”麦克唐纳说，“我要去看看封条。”

他走出温室，进了小花园，决定最好派个人把书桌上的东西全搬到警察厅去。有那么一小会儿，他自责早前未能好好检查一番，后来想想，这一天也没有白白浪费。看到封条完好无损的样子，心中松了口气，但用手电筒照过去的时候，他发现有人在上面动过手脚——封条是没破，但一边有点缺口。

“这倒不难理解，”他对自己说，“要是韦勒说谎了，他必然得制造些佐证。”

回到房间，他打电话给摄政公园警察局，让马上派人到帕克村南，在这栋花园别墅前站岗，等待警察厅的人过来接替。麦克唐纳不认为能在布鲁斯·阿特尔顿的桌子上找到跟案子有关的任何东西。从推测来看，死者离家时身上带着钥匙，那凶手早拿到了所有钥匙——书写室、书桌抽屉和房子的。过去一周里，他有大把时间清除所有可能的证据。

一边等警局派人过来，麦克唐纳走回大厅，跟韦勒交谈。

“你家主人离开以后，这房子有没有空过？”他问道。

“没有，长官。我特别注意安排了，家里至少要留两个仆人。但是，女仆们容易害怕，不喜欢单独留下。”

“你晚上把门都锁上了吗？”

“锁了，长官。阿特尔顿先生和夫人在这个月1号前都不会回来，所以我每天晚上都把门得锁好好的。”

“你可以非常肯定，这一周内没有外人闯入家中吗？”

“长官，我非常肯定，门窗都关得严丝合缝的。”

“阿特尔顿先生走的时候，有没有把写作室另一扇门锁上？”

“没有，先生专门告诉我不要锁。”

“哦，那么，韦勒，今晚一定要给这门上锁，有把钥匙很可能丢了。”

值班警察没过几分钟就来了，麦克唐纳把写作室钥匙给他，让他再转交给刑事侦缉处的警员。安顿完毕，麦克唐纳离开阿特尔顿家，决定去拜会昂蒂布小别墅的主人托马斯·伯勒斯先生。

开车离开的路上，总督察才有时间认真思考西比拉·阿特尔顿的故事。这故事从两个角度看都合乎逻辑，却指向完全不同的结论，他感到有些抓狂。如果她没有撒谎，德布雷特真写了那些信，结论显而易见——伯勒斯先生被人诱导去了警察值班的钟楼，给人当了替罪羊。他生性急躁，冲动使用暴力，白白给自己招致怀疑。那么，要是她在骗人呢？现在根本没有任何证据证明这些信出自德布雷特之手。在麦克唐纳看来，信中的措辞压根不是外国人所使用的。伯勒斯先生富有条理，西比拉·阿特尔顿擅于演戏，两人或许合谋了这么一段情节，为免遭人怀疑，捏造出一整个故事。或者，他们以为，除非钟楼有天拆除，否则他们的秘密将永远在地下沉睡。麦克唐纳想，从这个角度着手，罪犯是故意把手提箱留在地窖，好作栽赃用的。阿特尔顿的尸体已无法辨认，警方会认定是他杀害了德布雷特。

“看来我们把尸体身份破解得太快了。”麦克唐纳自言自语道，“苍天呐，到底有多少种可能啊！第一：德布雷特杀了阿特尔顿；第二：阿特尔顿杀了德布雷特（尸体身份不符）；第三：伯勒斯杀了阿特尔顿；第四：格伦维尔杀了阿特尔顿。如果第一种是真相，那个周围人眼中温和低调的‘花胡子海狸’是凶手，他跟每个人都有交集，又栽赃给了敦胖的股票经纪人。但他精心谋划犯罪之余，也有粗心大意的一面，居然能忘记刮胡子，真够离奇的！”

第十一章

麦克唐纳在帕克村南时，罗伯特·格伦维尔正弓着身子坐在弗尼瓦尔宫的炉火旁，一根接一根抽烟，试图理清整件事情。白天，刑事侦缉处（穿便衣）和伦敦警察厅（着制服）的警员陆续来访，他的女房东对此显然很是焦虑。刑事侦缉处通知他说钟楼工作室发现了一具尸体，告知他调查时务必在场。目前除发现尸体以外，尚不确定是否还有任何证据。格伦维尔询问死者身份，没有得到明确答复。打电话过来的年轻警探彬彬有礼地说，“此事尚无定论。”（格伦维尔心想：“又来这套。”）

“那，你肯定知道是不是阿特尔顿吧？”格伦维尔脱口而出。

“还不确定，先生。尸体遭受了极大损伤。”对方回答说。

“喂，你最好告诉我到底怎么回事。”格伦维尔坚持问。但警官拒绝了他，还说：

“先生，总督察让我警告你，别再找你在查令十字车站遇到的德布雷特，对你没好处，警方正在着手处理。”

穿制服的警员们详细询问了格伦维尔在斯特兰德大街与摩托车手相撞的情形。原来，格伦维尔突然出现，让摩托车主措手不及，进而撞上出租车，摔成脑震荡，还有一条腿骨折，现在仍旧躺在医院里。

“他可能会对你提起赔偿诉讼，先生，”一位胖乎乎的警长亲和地说，“你不该闯红灯的呀。”

“哼，有没有法律禁止国王陛下的臣民在公路上行走？有的话请告诉我这条法律是什么时候写进法典的。”格伦维尔愤怒地说，“我没有摔断胳膊，那是我皮实。告诉你，我全身都受了伤，还弄坏了新包和顶好的帽子。”

“你早该想到会这样的，先生，”又一个警员回说，“那位先生的妻子相当固执，她要法院给你寄传票。”

“该死的！”罗伯特不满地说，“我的辩词很简单，我是在协助警方！警长，想进来喝杯茶，我随时欢迎，恳请你们能不能别穿制服过来？我的女房东是个正派人，她都开始怀疑我了。”

“好的，先生。”警长咧嘴一笑。

格伦维尔嘴上跟警察有条有理地争辩，心中却是十分困惑。他想去见伊丽莎白，或者给她打电话，可钟楼死尸这消息太可怕了，他没有勇气告诉她。格伦维尔一边吸着烟斗，一边在想，知道谋杀案受害者是自己的熟人，真是一点也不好玩。他现在不知道自己更希望真相倒向哪边。要是布鲁斯·阿特尔顿不是钟楼里那具“严重受损的尸体”，那几乎可以肯定他就是逃犯，犯下了穷凶极恶的罪行，要被打上凶手的烙印。

他现在连职业热情都无暇顾及了。本来，他已经着手写一篇关于钟楼工作室的文章，深知这将会让自己成为舰队街[1]上人人追捧的记者，可布鲁斯·阿特尔顿是伊丽莎白的监护人，伊丽莎白又曾住在阿特尔顿家，那他的新闻报道还有什么写下去的必要呢？格伦维尔可以想见，编辑们煞费苦心，出资不菲，跟他询问那晚在西比拉客厅的谈话——是伊丽莎白灵机一动，让大家思索谋杀和隐藏尸体的方式，布鲁斯预言性地说了一句“把他糊在墙上”，这个提议多令人不适啊，却是一语成谶。格伦维尔打电话给罗金厄姆。

“我问你，他们在钟楼找到的是谁？”他急切地问。罗金厄姆厉声回答道：

“天哪，平时乱说一通也就罢了，不要打电话来问东问西，不怕有人监听吗？我喝完茶来找你。其实，问我没用，我不知道，麦克唐纳也不知道。对不起，小家伙，我

① 伦敦市中心的一条街道，曾是全国性大报社所在地。——编者注

今天已经受够了，再见!”

既然此路不通，格伦维尔决定不听从警方建议，亲自去找胡须男。昨晚，他已经瞥见了这人古怪的面容。作为记者，他对如何着手调查了然于胸。他沿里夫斯警探走过的路走了好一会儿，结果天还没亮，已经有人把他的行踪报到了伦敦警察厅。

格伦维尔回到了弗尼瓦尔宫。他的调研远不如里夫斯深入，结果还花了不少钱，落得个身心俱疲。他喝了一肚子浓茶，坐在炉火边沉思，不堪其扰的女房东打开房门，用明显不快的口吻说:“先生，一个年轻人要见你。”伊丽莎白·莉来了，格伦维尔“噌”地起身。

“小天使!”他热情高呼，伊丽莎白只是轻轻朝他做了个鬼脸。

“我可不赞成女孩儿随便跑到年轻男人的房间里，”她高傲地说,“不是道德不道德的，纯粹是因为不想让男人们太过自大。俱乐部不是说话的地方，总有些八卦的老处女在柱子后面偷听，餐馆也一样，所以我就来了。鲍比，大家现在都在哪里？西比拉回来了——我刚打电话给韦勒，韦勒告诉我的。昨晚尼尔·罗金厄姆打电话给我，说布鲁斯没事。这一切太荒谬了！老尼尔真是个麻烦精，他不该匆匆报警的，害我们想象了那么多关于西比拉的可怕情节，简直把她恶魔化了。你怎么了，笨蛋?”她看着格伦维尔惊讶的表情。

“罗金厄姆说布鲁斯没事？”格伦维尔倒吸一口冷气说，“亲爱的，你确定？你没有发烧，也没有出现幻觉吧？”

“你不会想说我喝醉了吧？滴酒未沾！”她严肃地回说，“我清醒得很。尼尔昨晚跟我说的，说布鲁斯给他打电话了，这事儿完完全全是个误会。”

“见鬼！”格伦维尔吃了一大惊，一时连话也说不出来，不断挥舞着双手。“布鲁斯好好的，而且……亲爱的，这事儿太奇怪了。我们还在说葬礼，说那些可怕的事情……尼尔这该死的老家伙，他到底什么意思，非要让我受饱受煎熬吗？”

伊丽莎白说：“咱们还想象尸体什么的。罗伯特，给我支烟。我们来捋一捋。之前还以为他们真在钟楼里找到尸体了。”

“确实发现了！”格伦维尔突然大声说，“这就是重点，不过警察还没确定身份。小天使，看来那不是布鲁斯，也不是德布雷特。我知道的，我昨晚在特拉法尔加广场看到德布雷特了，正想追过去，被一辆该死的摩托车给撞上了。”

伊丽莎白的眼睛立马瞪得圆圆的。她手里拿着帽子，红色的鬈发像婴儿一样柔软，一副十足的现代年轻女性的扮相，撅起嘴唇，迷人的样子跟拉斐尔笔下的小天使如出一辙。

“尸体，在钟楼里？鲍比，是谁杀的人啊？”

“小可爱，我不知道，警察也不知道。尼尔刚才打电话，也没说出个一二三来……哎，是那个浑蛋？！”他似乎突然想到了什么，“那个鬼鬼祟祟的麦克唐纳不让尼尔跟我说任何事情，去他的！他让我麻烦缠身，什么也不让我知道，还录了我的指纹，现在他会说钟楼到处都是我的指纹，就能以谋杀罪关押我。我看他就跟卡西乌斯[1]一样坏，瘦瘦的身体里藏着邪恶的灵魂，一定是这样。”

伊丽莎白吓得脸色发白：“鲍比，他不能这样啊！”

罗伯特·格伦维尔以前从未见过伊丽莎白流露出对他的关切之意，这突如其来的体贴占据了他的全部大脑，不禁将刚才的疑虑全部抛之脑后。

“怎么不能！”他阴沉着说，“这些警察，都只想要办轰动的大案！”

门突然开了，他没法继续诽谤这位刚正不阿的英国警察了，一个沧桑的声音传了进来：

“有位先生想见你，还带来一封信。”

格伦维尔惊呼一声转过身，准备当面咒骂罗金厄姆不合时宜的干扰，但对朋友的愤怒瞬间战胜了被人打断的

① 卡西乌斯，罗马元老院议员和军事将领，最为出名的事迹就是刺杀凯撒。

不快。

“你这个老无赖，你!”他厉声说道，“就你会装好人，大好人啊！怎么，还有胆来看我，竟然愿意屈尊亲自跑一趟啊！你，还有你那地下室的尸体，有什么了不起的！还给我传警察的话，说电话可能会被监听？下次想干什么苦差事，自己去动手!”

罗金厄姆走进房间，小心翼翼把帽子和手套放在桌上。看清他脸上的表情，格伦维尔激动不已的长篇大论戛然而止。

“哦，我的天呐，别再搞笑了。”罗金厄姆疲惫地说，“对不起，莉小姐，我有话要跟格伦维尔说。事态严重，请原谅我的失礼，您能回避一下吗？”

“不行，”伊丽莎白断然拒绝，“尼尔·罗金厄姆，我不知道你要说什么，但你是不是昨晚打电话给我，告诉我说布鲁斯没事？”

“是，我是这样说了。”罗金厄姆回答。他语气间满是痛苦，缓缓地补充道：“看来我搞错了。对不起，我本来也是出于好意。”

三个人站在原地，面面相觑。伊丽莎白和格伦维尔吓呆了，罗金厄姆一改平日的开朗，露出极为痛苦的眼神。伊丽莎白率先打破沉默，用手挽着罗金厄姆的胳膊，用宛如孩童的方式表达信任：

“让你难过了啊，老家伙。尼尔，过来坐下，跟我们讲讲怎么回事，迟早也要知道的，对吧？不如现在就告诉我们。”

罗金厄姆拍了拍她的肩膀。

“这事可不适合讲给你这孩子听。”他温柔地说。罗伯特·格伦维尔突然插话道：

“所以，钟楼里的尸体，就是布鲁斯了？”

“恐怕是这样的。”罗金厄姆在炉火旁坐定，伊丽莎白倚靠在椅子扶手上，听他讲述罗伯特从查令十字车站给他打电话以来的一系列事情。“麦克唐纳走后，我是想给你打电话，说布鲁斯来电的事儿，”罗金厄姆对格伦维尔解释说，“但你要么整晚都不在，要么是电话线路出了故障，都没打通。所以我又联系伊丽莎白——然后，今天早上我正吃早餐呢，麦克唐纳来了，告诉我他在钟楼的最新发现。他显然认为我被布鲁斯的电话给骗了。我当时心情很不好，没有精神给你打电话。”

“警方已经确定身份了吗？”格伦维尔低沉地问道，声音出乎异常地平淡。

罗金厄姆点点头。“是的。他们找到了布鲁斯的按摩师詹宁斯，似乎已经百分百确定了。”

他转向伊丽莎白。“孩子，这事儿让你受惊了，真的非常抱歉。”

“我总有一天要知道的，”伊丽莎白说，“不用管我，现在的关键是——是谁假冒布鲁斯给你打的电话？”

“只有一个答案，”罗金厄姆回答说，“一个非常了解布鲁斯的人，知道怎么模仿他的声音。”

“一定是德布雷特，不可能会是别人，”格伦维尔兴奋地说，“他和布鲁斯有过多次交谈，很熟悉他的声音，所以在电话里模仿。罗金厄姆，我对这家伙已经有了相当的了解。今天下午，我在查令十字车站附近转了一圈，找到了在维利尔街开24小时咖啡馆的一个人。他认识德布雷特，还肯定地说他是个演员，这就不难解释为什么他能模仿布鲁斯的声音，这对演员来说简直轻而易举嘛。”

伊丽莎白低声哭了出来。“鲍比，太残忍了啊！你还记得吗？我说过，西比拉可能找了个老演员，假装来勒索布鲁斯？罗金厄姆先生，你见到西比拉了吗？”

“当然没有。伊丽莎白，如果你知道她在哪里，就应该告诉我们。”

“怎么会不知道？她下午回来了，在家里呢！我给韦勒打电话，他告诉我的。”

尼尔·罗金厄姆取出手帕，擦了擦额头上冒出的汗珠。

“我真是搞不懂了，”他哀怨地说，“西比拉不是说1号之前不会回来吗？为什么现在回家？我有没有告诉你们，昨晚警察在钟楼逮捕了伯勒斯？”

惊恐之下，另外两人又陷入深深的沉默，然后伊丽莎白高声喊道：“我相信那人能干出这些事！我一直就讨厌他！西比拉没跟伯勒斯鬼混的时候，我也没像现在这样讨厌她。我知道他对西比拉着迷得很，动不动就对她伸咸猪手。这两个人，都可恶极了！”

“真是没想到啊，”格伦维尔惊讶地说，“他们到底为什么要这样做？他们本可以——哦，天哪，太残忍了！”

他从座位上起身，在房间里来回踱步，罗金厄姆则在一旁建议伊丽莎白趁早离开西比拉的家，去昂蒂布的朋友那儿待着，等此事平息了再回来。这时，格伦维尔看到女房东在罗金厄姆进门时带来的信，打开来看。不一会儿，他发出惊讶的叫喊声，引得另外两人猛然转过身来。

“是德布雷特！”格伦维尔喊道。“那个浑蛋竟敢给我写信！”

罗金厄姆跳起来几乎是从格伦维尔手里抢走信件。他紧紧攥着信，手指颤抖不已。他开始读信的内容，伊丽莎白俯身来看。

先生，我遇到了大麻烦。警方怀疑我跟钟楼谋杀案有关，但我是无辜的。我不敢去找警察，他们不会相信我的话，不过我可以向你证明，我完全没有参与这起刑事犯罪。先生，看在正义的份上，请您来见我，听听我的说法。周日晚7点，我会在坎农街铁路桥的德盖特码头等你。恳求您一定要来。我完全沦为了不怀好意之人加以利用的工具。先生，我把自己的命运交在了你手里，我完全信任您，请不要背叛一个无辜的人。

路易·德瓦隆·德布雷特

伊丽莎白迫不及待地想要看清信上的内容，试图一把抓过纸，但罗金厄姆把它举过头顶，好让她够不着。

“不！不！”他大喊道，“这封信必须交给警察，交给总督察，必须马上交出去。你们谁都不要再碰，上面可能有指纹。”

“肯定有啊，我的，还有你的，到处都是，”格伦维尔插嘴说，“放桌上，罗金厄姆。该死的，我们不碰，但要看清内容啊。”

罗金厄姆把薄薄的灰色信纸放在桌上，格伦维尔抱怨他“像只老母鸡一样大惊小怪”。罗金厄姆悉心守护着信件，坚称其他两人都不能触碰。伊丽莎白急切地俯身过来，又读了一遍这封像是出自外国人之手的信，字体七扭八歪的。格伦维尔也向前侧身，棕色大脑袋贴近莉小姐的红色鬈发，不禁心神荡漾。罗金厄姆一边很小心地保护信件，忍不住想嘲笑格伦维尔借机靠近伊丽莎白的举动。

“小傻子，”年长几分的尼尔说，“注意，不管这封信是恶作剧，还是想设计抓住格伦维尔，都得送到警察厅去。罗伯特，别做傻事，你的头已经被打了一次，搞不好小命都没了，别再为这事儿冒险。”

“冷静点，老学究，”罗伯特·格伦维尔咆哮道，“这是给我的信。不管怎么说，那家伙都说了他信任我。如果丽莎的想法接近真相，这人完全就是被人利用了……”

“别跟个该死的傻瓜一样！”罗金厄姆大吼道，两人都吓了一跳。“如果这家伙如他所言是无辜的，警察自会第一时间查明，你的蠢脑袋能比麦克唐纳更擅长推理吗？蠢货！他说的要是真的，就不会写信让你单独见他，天知道他说的那地方在哪里……”

“是啊，在哪里？”伊丽莎白插话道，“天哪，我也不知道。德盖特码头在哪儿？”

“我想是在莱姆豪斯，”罗金厄姆烦躁地说，“码头边净是些脏污的水滩。这家伙够白痴的，三岁小孩都不会上他的当！”

“不在莱姆豪斯，”罗伯特说，“他说在坎农街铁路桥附近，德盖特对吧？沃尔布鲁克的雷恩教堂附近是不是有座德盖特山？天呐，就是那里。”

“那儿有地下密室吗？”伊丽莎白低声问。

罗金厄姆插嘴道：“管它在哪儿，格伦维尔都不去——

你也别想搞什么鬼把戏。”他严厉地对伊丽莎白说：“这几天的恐怖事件已经够人受了，再跑去这种罪犯出没的地方，真就成压死骆驼的最后一根稻草了。好孩子，听我的劝告，赶紧搬离伦敦吧。至少要答应我，不会因为这种厚颜无耻的可恶行径而上当！”

他又指指那封信，伊丽莎白高傲地说：

“我没你想的那么笨。谢谢您了，我没什么英雄气概，万万不想被人扔进河里冲走。鲍比，你也不会去，对吧？答应我！”

罗伯特抱怨道：“去了也没什么用，这个老古板总是干涉我们的行动。话说回来，罗金厄姆，我对德布雷特还有点疑问。咖啡馆老板说他看起来为人温和，不像是个亡命之徒。”

“他怎样都与你无关，”罗金厄姆提醒道，“别管了。我把信装回封里，完好无损地带到警察厅。你想去的话，就跟我一起，我们去跟警察解释信的来头。”

“看你这高高在上的样子，”格伦维尔反驳道，“我可不是你的小学弟，任你派遣。真是谢谢你了，尼尔，我看你简直跟学校里那些古板的校长有一拼。我自己找找去坎农警察局的路，自己向警方提交这份证据。不过，我要先仔细考虑一下，细细品味，恐会发现信中含义远不止于表面。”

他朝罗金厄姆做了个鬼脸，伊丽莎白高呼："坎农街？那是德盖特所在的地方啊？"

格伦维尔得意扬扬地解释说："坎农警察局是刑事侦缉处总部，平日人们称那儿为'苏格兰场'。"

罗金厄姆懒得理会他言语间的讥讽，说："不管你叫它什么，必须把信送到有关当局。"

"到时间了自然会送，"格伦维尔回说，"好家伙，别着急嘛，这显得你慌了，都无暇顾及颜面了。你有没有注意到一个有趣的细节——来信者提到了钟楼谋杀案，他怎么知道那儿发生了谋杀？我也是直到今天早上才知道的。"

"因为他犯下了谋杀罪。"罗金厄姆说。他的气消了一些，不过语气之间仍显出不快。"现在不是闹着玩的时候，格伦维尔，事态非常严重。"

听到他言语间的疲惫，格伦维尔的语气缓和下来，说："对不起，老伙计。别担心，我会让这出戏朝正确的方向发展。"

伊丽莎白发出一小声惊呼。

"哎呀，快六点了！我答应要跟莫顿吃饭，还打算去看《王宝川》[①]呢！今天真是没心情看戏吃饭，我说下不去了。"

---

① 熊式（1902—1991）——根据京剧改编的英文话剧。

“别傻了，孩子，”罗金厄姆说，“丰盛的晚餐，精彩的演出，这都是你现在最需要的。快穿上最时髦的连衣裙，好好赴约，把这些可怕的事情都忘了。待在这儿，你也会跟着变得病态，一点好处都没有。丽莎，别取消约会，我看你把车停在费特巷了，再不开走，警察明天该找你麻烦了。”

“好吧，既然要去，现在就该出发了，”伊丽莎白说，“再见，鲍比。不要一个人跑到码头去逞强，明早给我电话。尼尔，能替我照顾好他吗？”

“我会的。”罗金厄姆发自肺腑地说。转瞬间，伊丽莎白已经出了门。

“还说是我的朋友！”格伦维尔愤怒地高呼，“你就是个全身从里到外腐朽至极的老校长，该死的！罗金厄姆，你是不是欠揍？”

“对不起，我实在不想节外生枝，”罗金厄姆回说，“等这一切过去了，你有的是时间追丽莎。天哪，不要把好好的姑娘卷入这个肮脏的谜团里。德布雷特那封信——确定不让我带走吗？”

“不，不给你，没有商量的余地。”格伦维尔驳斥道，“我是成年人了，可以管好自己的事。我知道，你一定会冲到最近的电话亭，急不可耐地告知警察，你全部心思都写脸上了。但是，搞清楚一点，信是寄给我的，明白吗？”

“好好好。俗话说，世上蠢蛋多，骗子能发财，”罗金厄姆回说，“布鲁斯就是个傻瓜——他已经为此付出了代价。要是有一天因你被人杀死，我不得不参与死因调查询问，就说全是你自找的。再见！”

他大步流星走了出去，格伦维尔回到桌旁，俯身去看路易·德瓦隆·德布雷特那封哥特式字体的信。

第十二章

麦克唐纳将近7:00离开帕克村南，晚上天气阴冷，绵绵细雨化成雨夹雪，雨势越发加大。他开车回到伦敦警察厅，指示属下去取阿特尔顿桌上的文件，然后打算见见伯勒斯，想从他身上获得一点真相。

他刚回到办公室，詹姆斯跟着跑上楼来。

“长官，B分队打来电话，钟楼发生爆炸，整个地方都烧起来了。”

麦克唐纳用警觉的眼光看向他。“确定不是骗人的电话吗？”

“长官，非常确定。富勒亲自打的电话，消防队也发来通知，说整个房子都陷入了火海。屋顶爆出一阵巨响，富勒跑进去看，发现横梁全都起火了。”

“也是好事，”麦克唐纳说，“这样的结局对它来说再适合不过。算是到这起谋杀案的高潮了——把钟楼烧掉，徒留遗迹，让我们苦思冥想。你也想去看那个屋顶吧？很高兴你没去。”

“为什么，长官？说不定能找到线索呢。”

“小心被炸得粉身碎骨，或是掉地上摔断脖子，”麦克唐纳厉声说，“都不是什么好下场。不过，我们现在要考虑清楚的恰好是这点，到底是直接去现场查探，还是等消防队？在他们控制住火势之前，不要多管闲事。詹姆斯，你想去的话，带詹金斯跟你一起。他对火很感兴趣，你们一起等着，我随后就到。我要在警局写报告，一到钟楼就打电话给我，汇报进展。距离钟楼最近的电话在圣殿骑士酒吧。我之后可能也要亲自到钟楼调查，不过现在去就是干等着发呆。”

“好的，长官。”

詹姆斯满心兴奋地离开了。他跟詹金斯一样，对大火很感兴趣。从他掌握的信息来看，这次的火灾有不少可以研究的地方。

麦克唐纳点燃烟斗，坐着拼命抽烟，凝心思考这起案件。按照收集到的证据，他能想到很多可能性，试图为事态的最新进展找出原因。

凶手，最大嫌疑是德布雷特，由他策划了错综复杂的计划。现在，没有直接证据表明阿特尔顿是在钟楼被杀，也没人看见他带着行李箱到那里。麦克唐纳可以肯定，他进去钟楼的时候还活着，因为要带着死尸——或装尸体的板条箱——穿过宽阔的走道，进入门廊，并非易事。进入楼内，施加暴力就容易多了。因此，德布雷特很可能是在楼内杀死阿特尔顿，也许是从头部发动攻击，总之没让被害者流血，因为地板和墙壁上没有血迹，也没有清洗过的痕迹。尸体在浴缸里被肢解，然后藏于壁龛。凶手不必隐藏地板上的石膏痕迹，工作室里常年有雕塑家工作，这点不会惹人生疑。除了地窖里格格不入的手提箱，没有其他任何东西会让人起疑心。麦克唐纳继续思考手提箱的由来。除了格伦维尔，没有任何证据表明箱子是在地窖里找到的，他的话自然不能全盘相信。麦克唐纳思忖着，似乎有两人卷入了这场罪案，他们正在默默角逐：一人想要隐藏谋杀案的所有痕迹，确保尸体即便意外被人发现，也无法辨认身份；另一人试图留下显而易见的证据，通过爆炸和火灾让所有秘密大白于天下。火灾不会把壁龛暴露出来，但会加快建筑解体，火也不会被误认为是造成残尸的缘由。德布雷特不要钥匙，却把手提箱留在原地，目的是什么？麦克唐纳的大脑快速运转，要么应该拿走钥匙，要么应该移走手提箱。督察拿出格伦维尔给他写好的行程表。

周三，8:30吃完早餐，10:00离开家，去舰队街的邮局查找伦敦市中心摩托车信息，一直待到中午。（从詹金斯督察的笔记看，时间并未完全得到确证。）走上皮卡迪利大街，到摄政王宫去见比尔·特雷弗。对方迟到了，直到13:00才露面。（一点钟之前没有确证。一周前，邮局大厅太满了，工作人员记不起接待过谁。）14:30分去参加科学家协会讲座，给《未来生物学》上的文章收集材料。（已证实。）16:30回到家，写作到19:00。在金鸡餐厅用餐。（16:30 ~ 18:00之间没有确凿证据。）20:30回到家，写作，23:00上床睡觉。（女房东20:00 ~ 22:00外出，格伦维尔22:00在家，但他有夜间出门的习惯，之后可能会出去。）

格伦维尔周四的所有行迹都可追踪。晚上，在肯特公爵夫人剧场观看《邮寄毒药》，对这出戏的评论如同在仓促造成的棺材上加了颗钉子。星期五，从10:00 ~ 16:00，行迹无从查证，据他说在为一篇关于伦敦露天市场的文章收集素材，去过喀里多尼亚市场、伯威克市场、蒂奇菲尔德市场、衬裙巷、大炮街和波特曼市场等。格伦维尔在市场保持了绝对低调，没有讨价还价，安静扮演观察者的角色，其实这是消磨时光的最好方式了。晚上，去了钟楼，警察贝尔看到门廊外的他，头和肩膀都被威士忌酒打湿。自此，他与钟楼正式产生关联。他付了一个季度的租金，从中介手里拿到钟楼的钥匙。

罗金厄姆在此案中的“卷宗”简明扼要。护照显示，3月18日星期三进入法国，一周后的星期三返回。

接下来是托马斯·伯勒斯，他在昂蒂布别墅的住所还未查明详情。说起管家韦勒，麦克唐纳一开始对他印象很好，现在好感有所降低。此外，还有重大嫌疑对象的德布雷特，仍逍遥法外。

麦克唐纳正在记录西比拉·阿特尔顿所述内容的要点，被电话打断。他拿起听筒，期待听到富勒的报告。不过，听筒里传来的是罗金厄姆的声音，讲了格伦维尔收到信的事，并对格伦维尔的反应深感忧虑。

“你永远不知道，一个人在不寻常的处境当中会做出什么举动，”罗金厄姆用略带学究气的语调说，“格伦维尔平时算是头脑清醒，近期行事显然有些鲁莽了。我必须马上告诉你这封信的存在。要是格伦维尔选择把信寄给警方，希望你不会告诉他我来电的事情，不胜感激。他最讨厌的就是我给他提建议。”

麦克唐纳付之一笑，请对方详述信纸和笔迹特点。除了这些细节，罗金厄姆用实力证明自己是个非常出色的观察者。他罗列了总督察需要的细节信息，还注意到了信件寄出的时间和地点——东部中央4区，中午12:00。

“你是说，女房东把信从盒子里拿出来时你就在场？”麦克唐纳问道，“格伦维尔打开它时，除了你，还有其他证人在吗？”

“还有伊丽莎白·莉。总督察，如果可以的话，请不要把她牵扯进来。我不想让这孩子坐上证人席，一点不希望她沾染此事。”

“明白，我尽力。非常感谢你的电话。你在家吗？”

“现在是，一会儿要去惠普顿俱乐部吃饭，完了直接回来。你有时间一起吃吗？”

麦克唐纳又笑了。“谢谢邀请，恐怕不行。我刚听说钟楼着火了，火焰冲天啊。”

“钟楼——着火了？看不懂这犯罪动机啊。不过我心里觉得，谢天谢地，那个邪恶的地方，消失了最好。”

“对。”麦克唐纳表示同意，然后挂了电话。过会儿，他打电话给格伦维尔，只听到一个苍老的女性声音说他出去了。他晚上这个点都在外面，也不知道什么时候回来。

“这蠢货到底在搞什么名堂？”麦克唐纳挂断电话，心想，“跑哪儿吃晚饭，还是又做什么傻事去了？”

他停止思考，正准备再次拿起听筒打给市警察局。德盖特码头——沿堤岸码头走5分钟，到黑衣修士桥，再走5分钟到维多利亚女王街，到坎农街站。晚上这个点已经没有公共交通过去了。麦克唐纳很了解伦敦各处，对西区、伦敦城和码头区都了如指掌，德盖特码头也不在话下。此情此景，他无法保持素日的镇定，匆忙走出办公室，下楼，准备开车。

这晚的天气糟透了。下着雨夹雪，预示春天要来了，堤岸上的汽车溅起泥水，湿漉漉的雨雪飘过光秃的梧桐树，模糊了对面伦敦郡议事厅的灯光。麦克唐纳刚买了一辆崭新的沃克斯豪尔，沿堤岸朝东行驶，超速穿过交通复杂的黑衣修士桥，向指挥交通的警察做了一个手势。晚上7点以后，这里压根没有汽车的踪影，全无堵车的烦恼。在维多利亚女王大街上，快到坎农街站时，他一阵加速，然后又逐渐降低车速。到地方了，他不禁想，那个傻瓜年轻人说不定让他陷入了一场徒劳无获的追逐。“先确定事情真相，再给他些颜色瞧瞧。”麦克唐纳心说。车此时开进一条小巷，两侧都是高大的仓库，于是他下了车。

麦克唐纳时刻保持警觉，注意是否有脚步声。手电筒照着前方，看得出雨夹雪还在继续。他全神贯注，紧贴墙壁前进。现在可以看到河水，还有码头的边缘；几秒钟后，视野变得开阔，发现一个男人黑黑的身影正躺在台阶上，刚好在泰晤士河水上沿的地方。

麦克唐纳俯身向下，用力吹响警哨，指向码头。

“格伦维尔！这个蠢货！”麦克唐纳咕哝道，“大半夜居然一个人跑来这种地方！你好，巡逻艇吗？今晚这里是不是有事发生？船上是谁，班顿吗？开过来，我仔细看看这人。你有什么收获吗？”

麦克唐纳站在原地，看着巡逻艇沿河边快速行驶，心中涌起一股莫名的恼怒。莫非，人已经死了？

“你抓到谁了？”

“长官，你想要的猎物啊。你来得正好，死者是个留花白胡子的家伙，尸体堆在桥桩下，刚好是黑衣修士桥前边一点。人已经死了，头挨着桥桩。”

班顿拉开盖着尸体的防水布，麦克唐纳低头看去。那是一张平静如水的脸，显然死于溺水，浸湿的胡子呈现出扭曲的白色条纹。那个花胡子海狸，且不谈到底是什么来路，已经从人世间彻底消亡了。

班顿和麦克唐纳都擅长救护，忙着跑去照料俯卧在地的格伦维尔。麦克唐纳说“这家伙还活着”的时候，一名警员沿小巷跑了过来。

“叫救护车，快！”麦克唐纳丢给他一句简明扼要的话。穿制服的人看了眼横躺在地上的两人，转身离开，只剩巡逻艇在古老的码头旁边上下浮动。

“把两人都弄上车，让医生看看人死了多久。我们尽快把尸体送过去，医生的判断更准确些。”麦克唐纳说，“希望另一个家伙送到医院前能撑住，告诉我们到底发生了什么。”

等待救护车时，他们用麦克唐纳汽车上的地毯盖住格伦维尔，在头上敷了一层布。没有血迹，没有任何伤口，麦克唐纳摸到头骨底部有个肿块。

班顿说：“是不是挨了一棒？”

他从巡逻艇的驾驶舱里拿出一个东西，沉甸甸的，弯弯曲曲的，像是浇水的软管。两名警察都明白这是什么——灌满铅的橡胶管，不折不扣的致命武器。

“我们把德布雷特捞出来时，他胳膊上还套着这个管子，拴在桥桩上，”班顿说，“看起来像是德布雷特打了格伦维尔一下，然后失去平衡，不小心摔倒了。我知道有很多游泳健将淹死在涨潮的泰晤士河，这个德布雷特又瘦瘦小小的，跟只可怜的小老鼠一样，饿着肚子，体能状态很糟糕。”

“也许是这样，”麦克唐纳说，“或许德布雷特太会玩弄别人心理，反而自受其害了。这个奸诈的家伙。救护人员来了，最近的医院在圣约瑟夫大教堂附近是吗？我跟着过去。请给我们部门打电话，说我要去医院。今晚可真是不消停，爆炸、火灾、袭击，主角从河里给捞出来，人已经断气了，对破案也帮不了忙。哎，抬稳当些，这家伙的头骨被人打了，你以为自己在搬砖吗？”

最后一句话是对救护员说的。救护员显然想在两位警官面前卖弄本领，可现在码头上覆着一层薄冰，危险极了，不小心滑了一下。他和同伴都是身经百战、训练有素的救护员，麦克唐纳伸手，准备随时帮忙，这让他感到不被信任。担架安全抵达救护车，麦克唐纳才改用友好的眼神看着两人。

“很好，开车尽可能平稳，不能冒任何危险啊。现在只有一人活着，他可是很重要的。”

在救护车里，麦克唐纳坐在格伦维尔旁边。汽车在平稳行驶，但他还得竭力减少颠簸。总督察此时非常困惑，班顿的说法是有一定合理性，码头很滑，德布雷特也许是失足摔了下去，说不定本来还打算把失去意识的格伦维尔拖进河水，结果自己不小心先掉下去了——但是，谋杀格伦维尔的目的是什么呢？这位昏迷的记者手中握有什么信息，才会导致他陷入这般危险境地？他是见过德布雷特本人，可罗金厄姆和伊丽莎白·莉同样看到过此人的面目。

溺水者和可能的受害者躺在同一辆车上，反而消除了麦克唐纳心中更离奇的一些猜测。他大胆推断，也许，钟楼发现的尸体身份存疑。溺水者（布罗斯家族的表兄弟）体格与布鲁斯·阿特尔顿相近，而后者才是真正的罪犯，假扮为留花白胡子、戴超大眼镜的德布雷特。再看一眼溺水者的脸庞，他又推翻了这个猜测。胡子是真的，人是真的——而且，人确确实实已经死了。他带着所有的秘密，消失在了冰冷的泰晤士水里。

到达医院时，麦克唐纳在格伦维尔转入病房前见到外科医生，恳求他尽力救治这位病人。

“放心，既然你这么说了，我们一定尽力。”医生讽刺道，“我们通常都会电梯里杀死他们，免得麻烦，尤其是吃饱饭没事干的时候最喜欢这么做。你们警察老是这样，带着个自杀的人过来，还要强调是特殊情况，让我们要特别关照。”

麦克唐纳咧嘴一笑道：“抱歉，你说的对。这家伙要是救不过来，我的案子就彻底完蛋了。我想，大概警察就跟学校里那些高傲的家长一样吧，总说自家孩子不一样，需要特别关照。”

一名外科医生给格伦维尔检查，麦克唐纳协助另一医生检查溺水者。毫无疑问，他是溺水身亡，肺里灌满了水，没有任何遭受暴力的迹象。身体消瘦，但还不像是挨了饿的样子，比他常出没那些地方的流浪汉要干净得多，状况看起来也好得多。麦克唐纳低头看着那张清瘦的脸庞，花白胡子长度修剪得刚好，眉毛整齐，鼻子高挺，外表很出众，嘴角似乎似是微笑着上扬，无忧无虑的，可整张脸一片蜡黄，弥漫着死亡的气息。

“溺死——死因调查官最喜欢这种了。”给德布雷特检查的外科医生说，“你的特别关照对象？”

“对，我在找他，”麦克唐纳说，“他可能犯下了谋杀罪，把受害者头和手割下，再把尸体其余部分糊在墙上，以为这样人们就永远也不会发现。”

“真是个有手段的家伙，”外科医生评论道，“说来有趣，现在的他看着倒是那么安宁。找到其他线索了吗？”

“没有，或许埋藏在泰晤士河某个地方吧，”麦克唐纳说，“现在该我下河去查证了。”

“好吧，祝你好运。真心的，泰晤士河的污泥可不好对付。”

从溺水者身上脱下的衣服做工还算精良，显然出自高级裁缝之手，不过裁缝的标签全被精心剪掉了。衣领是赛璐珞的，法兰绒衬衫洗得有些泛旧，精致的亚麻布手绢上标着首字母B，纯手工缝制，一点都不像是穷人的，更不像是属于这个落魄的家伙。裤子口袋里有5先令零钱，马甲内袋装着4张一英镑的钞票，马甲反倒显然出自业余裁缝之手。马甲另一口袋里有封浸湿的信，用熟悉的灰色薄纸写成，信封上的题字模糊不清。这封信是写给尼尔·罗金厄姆先生的。口袋里还装有一本薄薄的小册子，是来自比利时的祈祷书，上面印着弥撒经文，扉页用印度墨水淡淡写下一个名字：“玛丽·安托瓦内特·布罗斯”。

麦克唐纳心底突然涌起一股恐惧，放下完全浸湿的小册子。他此前说起此事时，几乎就要脱口而出心中的猜测，现在那种感觉又回来了。原来，他是对的。这个路易·德瓦隆·德布雷特，头型长而精致，双手俊美，是布鲁斯·阿特尔顿如假包换的表弟。两人同样瘦骨嶙峋，脸型瘦长。罗伯特·格伦维尔在黯淡的光线下曾注意到了这点，偶遇德布雷特那次，他从远处看去，也发觉两人十分相似。

麦克唐纳拿起信、书、手帕和英镑钞票，先把衣服带进烘干室晾干，然后送到伦敦警察厅。信全部湿透了，似是一不小心就要裂开。他小心翼翼在手中打开，摊开放到吸墨纸上。很明显，这是送给罗伯特·格伦维尔那封信的复件，只把约定见面的地点改在了摄政公园地铁站（麦克唐纳知道这里平时人烟稀少），定于周日见面，就是在跟格伦维尔约定的日期之后。

“要说他是有些小聪明，不过就是过分乐观了。”麦克唐纳自言自语道。

几分钟后，他去询问给罗伯特·格伦维尔做检查的外科医生。

“运气好的话，命能保下来，”医生说，“前提是不感染肺炎，也没有骨头碎片划破脑组织。他头骨破损，又在雨雪天气里在地上躺了不少时间，有一定概率会得肺炎。还好他头骨要比一般人厚得多，不然绝不可能活到现在。”

麦克唐纳说：“从另一方面来说，要不是有这层厚厚的头骨，他也不会将自己置于如此境地。从现在的情况看，从乐观主义的角度来猜测，他有没有可能是故意打破自己的脑袋，制造了这起事故？”

医生拿起橡胶圈，笑着说：“要试试吗？你这样的猜测不成立。不过，论推理你比我在行啊。容我想想，橡胶圈，反弹力很强，即便是专业的骗子或柔术师，也可能会反伤自己。小伙子，你来试试，我等着给你包扎。即便你跟这人一样受了伤，也一定不会得肺炎。来吧，加油，督察大人！我知道你的厉害，他肯定远不及你小心！”

“见鬼！”麦克唐纳头向前伸了伸，说：“我打自己后脑勺？这我可控制不好，我还想多活些时日呢！”

外科医生笑得无法自已。

“可惜现在我们旁边没有电影制片商，”他笑得话都说不连贯了，“查理·卓别林要是看到伦敦警察用橡胶圈砸自己脑袋，肯定觉得是个绝妙的喜剧镜头！好家伙，你真是个奇人！”

第十三章

从德盖特码头附近的医院出来，麦克唐纳决定将托马斯·伯勒斯再羁押一晚，自己晚上花些时间写案情报告。听说钟楼已经全部烧毁，屋顶的横梁悉数倒塌，火势蔓延到地面各处，现在只剩墙壁和塔楼的残骸。滴水兽在角落里咧着大嘴阴森发笑，原本栖居此地的猫头鹰在周围盘旋，发出悲鸣。在大厅屋顶筑巢的椋鸟飞上邻近的大树，惊恐地叽叽喳喳着。

麦克唐纳沉思道，清理得干干净净啊！阿特尔顿和德布雷特都死了，钟楼变成一具散发着恶臭的骨架，别无他物；现在只有一个格伦维尔还活着，也是性命堪忧；伯勒斯在警察局的牢房里始终保持沉默；西比拉·阿特尔顿在她银色的闺房里对着炉火深思；罗金厄姆哀叹世界的疯狂和难以理解。麦克唐纳给罗金厄姆打电话，告诉他德盖特码头的事情，听到他像只咯咯叫的母鸡，一副惊恐万分的样子。

他说：“我应该早点来找你的。”

麦克唐纳周六早上醒来时，心中充满了疑惑。半睡半醒之间，他不断重复想起先前的疑问：“他为什么不剃掉胡子？”他昏昏沉沉地坐起身。三月的早晨湿冷灰暗，窗户对面的格罗夫纳路畔，铅灰色的泰晤士河水正在涨潮。他一点也没有完结案子的成功感。整个案情扑朔迷离，没法下定论。

他第一件事就是打电话到医院，询问格伦维尔的情形。塞萨比博士（就是前一天晚嘲笑麦克唐纳自残猜测的那位医生）接上电话，向他介绍最新情况。

“你真像是‘熊妈妈’，”外科医生说，“充满了爱意与关怀，谁能想到刑事侦缉处的警官竟有如此细心？你的‘熊宝宝’好点了。遭人攻击，又在雨雪天里受冻，肺部被肺炎球菌感染，还好他体格跟牛一样健壮，抵抗力堪比鸵鸟，希望这能让你感到欣慰。不过，整体的状况不是太好。”

“没有清醒过来的可能吗？需要我过去陪在床边吗？”

“来记下临终遗言吗？要是他感染了肺炎球菌，几乎没有苏醒的可能。你别来医院搅乱了，我专门给护士安排了，要是病人说了什么，就记下来。不过他还处于昏迷，没法说什么。他可能会挺过来，要让他回答你的问题，恐怕还需要很长时间。你还会觉得他是故意自残吗？”

“不会。他要是这样做了，橡胶圈应该在他身上，但我们是在另一人身上找到的。感谢您的理解和同情，我现在非常需要这样的关心。”

麦克唐纳一有空，马上给托德伯里先生打电话。对方不在办公室，而是在家里。说完一连串的“上天啊”，发出无数的感慨，律师总算说了句完整的话：“总督察，您的判断力真敏锐，每次都能正中要害！”原来，亚当·马香先生，现在（像往常一样）又进入了濒死状态，而他的钱财可真是不少。他的律师估计，除了托德伯里先生预估的一万英镑财产，这位长寿的绅士还积累了近25万英镑财富。老人天生精明，善于隐藏，又极为吝啬，这点他的律师皮德顿再了解不过了。律师帮他管理庄园已超过15年时间，亚当·马香发觉自己在逐渐丧失控制权，便明确指示皮德勒顿将所有凭股息积累的资金投资于政府证券，保守利率为3.5%。与此同时，马香先生继续靠每年300英镑的年金生活，一位管家对他贴身照顾。他称这个管家为“小爱丽丝”，实际上是位65岁高龄的妇人。马香先生1891年回到英国后，一直都是她服侍照料。

托德伯里先生继续讲述马香先生令人称奇的发家之道：“老先生起初手中并不富裕，只有区区几千英镑，就凭着这些本金开始了投机生意。他有一种不可思议的魔力，仿佛能预测市场走势，像是阿散蒂金矿股票，还有最早的伍尔沃斯债券……”

“是啊，”麦克唐纳同意道，“真是有趣。希望以后有机会听你细说这一切经过。不过，现在紧要的是，布鲁斯·阿特尔顿有没有打探过老人的财产？”

“看起来是有，我就担心会这样。”托德伯里先生哀叹道，“皮德顿很聪明，不会给他提供任何信息，可我担心爱丽丝行事不够谨慎。老人现在说话自然有些语无伦次，管家很可能已将实情告诉了阿特尔顿，因为阿特尔顿在她跟前向来礼貌殷勤。”

“嗯，很有可能。”麦克唐纳说。他向托德伯里先生道了早安，约定下星期一见面。“此事曲折离奇，这样的结果倒也不难想象，但最终的缘由仍未查明。我们看看阿特尔顿夫人会怎么想。”

去阿特尔顿家之前，麦克唐纳见到了詹金斯，后者刚从钟楼大火现场回来，满脸红润，神采奕奕。

“一场大火？”麦克唐纳问道。

“超级大，”詹金斯回答说，“堪称奇观。很遗憾我的小孩没看到那副场景，他可想加入消防队了。大火过后只要无人伤亡，就是值得庆幸的。消防队很快就控制住了局面，成功拯救了钟楼，他们很高兴。不过，钟楼随时可能会坍塌，对周围来说是个隐患。我一直在余火中搜寻，那味儿真够人受的。就找了这么些零碎东西，你看怎么样？”

这些碎片来自厚重的玻璃容器。从詹金斯找到的部分来看，可以推测是钟形玻璃罩。一块碎片上粘着金属，确切说是焊接上去的。麦克唐纳仔细查看那块变色的金属，用小刀刮了刮已经失去光泽的表面。

“铜。”他说。

詹金斯回答道：“能制造火花的电子装置？”

麦克唐纳摇摇头。“不，我不这么认为。铜的边缘全被酸腐蚀了，就像是浸泡在酸里的蚀刻板。我想起一件事，你知道战争期间特种部队识破的一种把戏吗？就是在船只离开港口几天后，在海上引燃的装置。用的是一个圆柱体，由金属板分隔成两半。圆筒两端都有酸，逐渐侵蚀分隔用的金属板，待两种酸相遇时，形成一种爆炸性混合物，爆炸后点燃装在周围板条箱里的东西，用这方式烧毁了几十艘船。我看这跟那种装置很相似。”

“我记得，”詹金斯说，“可以根据金属板的厚度，调节火灾发生的时间。如此说来，这位德布雷特简直机智到家了，那怎么还能把自己淹死？要我说，笑到最后才算真正的赢家。”

“是——可我觉得那家伙现在仍在暗中嘲笑我。”麦克唐纳愤愤然道。

詹金斯一脸苦恼。“从我的经验来说，他不会的，我们没什么可被人笑话的。”

麦克唐纳反驳道：“像你这样和蔼亲善的人，还能从炎炎烈火中获得快乐呢，罪犯会嘲笑我们有什么难理解的？带上你的零碎去找分析师，回头告诉我，我说的是对还是错。”

布鲁斯·阿特尔顿桌上的东西已经全部整理好，供总督察翻阅。有大量的文件、旧校样、打字稿——麦克唐纳对这些全无兴致。他从未读过阿特尔顿的作品，也没什么兴趣。大量的账单——大部分都未付——交给会计去看就行了。书迷写来的信件说：“亲爱的阿特尔顿先生，我拜读了您的大作，每一言每一语，都令我深深着迷……”信中都是诸如此类的内容。“留这些玩意儿，倒真是够自负的。要看完这堆资料，得花我一周时间。”麦克唐纳说，“这是什么？”

这是一本地址簿，上好的摩洛哥皮革质地，边缘和四角都以银镶嵌，有一把锁（之前处理桌上物品的专家已为麦克唐纳开了锁）。看到银色字母组合S.Y.A .——西比拉·伊冯娜·阿特尔顿，麦克唐纳眼睛一亮。“把妻子的通讯录偷了过来啊，我看看……”很快，他看到了这些内容：“汤米。昂蒂布。斯坦威森林。汉茨。”“所以说，他知道所有事情，”麦克唐纳低声道，“这故事越来越离奇了。明知妻子外遇，还是不想赶她出去，只保留信息以防万一。汤米是背后黑手，还是被抓来当替罪羊的？德布雷特似乎就是图钱。最上面写着‘这很简单’，把整个事情都串联了起来。这是韦勒的笔迹，塞缪尔·韦勒。‘阿特尔顿先生的手提箱里什么也没丢，但是东西有点乱。’也是一个小心谨慎的家伙。现在轮到老将出马了，他肯定很乐意献计献策，而且我们手里掌握的证据已经足够多了。”

助理总监勒格雷上校听完麦克唐纳的报告，表示非常满意。他认为一些细节仍需查证，对麦克唐纳给案件的解读给予了相当的赞同。遗憾的是，未能逮捕德布雷特，只是从泰晤士河里打捞出尸体，对于破案没有什么帮助。“他或许会说出全部真相，”勒格雷上校思忖道，“不过，我认为你对整件事情的理解没有问题。麦克唐纳，你似乎情绪不高啊？”

“没有，长官。我觉得自己像个十足的傻瓜，”麦克唐纳回答说，“我已经把所有证据，以及我自己的猜测全部摆在您面前。您说得对，这些证据整体看来具有很高的可信度，太有说服力了，反而让人觉得，我们被一个极度精明的家伙牵着鼻子走，照他的安排去拿到各项证据。只凭借惯常的工作流程，就取得了很多收获，没有太多疑难之处，一切都井然有序，就等我们一步步去发现。”

勒格雷上校从眼镜后看了看麦克唐纳，似是要发出责备。

“你不觉得自己太疑神疑鬼了吗，麦克唐纳？你坚信罪犯狡猾多端，现在面前摆着一份清楚直接的答案，怎么又无法接受了？”

“那，德布雷特为什么不把胡子剃掉？”麦克唐纳一脸严肃地问道。勒格雷看着平日里雷厉风行的总督察，一副怀疑他在说胡话的表情。

“假设我们所有的推测都是正确的，”麦克唐纳说，“德布雷特是玛丽·安妮·布罗斯的孙子，也就是亚当·马香的侄孙，他从母亲和祖母那里听说马香为人吝啬，开始着手调查，找到了阿特尔顿，利用他来达成目的。阿特尔顿是比布罗斯家族享有优先权的继承人，假设马香未立遗嘱，而阿特尔顿掌握了德布雷特无法得到的信息，便和德布雷特联手，着手清除其他继承人。德布雷特同时刻意接近阿特尔顿夫人，让伯勒斯卷入钟楼迷案，一切安排都精妙细致——你能看出其中的用意吗？德布雷特犯下谋杀罪，知道自己引起了格伦维尔等人的注意，便继续在伦敦的老地方游荡。人们一看见他那与众不同的胡子，就会认出他来。他只需把胡子刮掉，换副眼镜，就全无危险了。这人其他时候都精明极了，不像是会犯下这种低级错误的白痴。”

“只是精明吗？完全是个极度狡猾的罪犯，”勒格雷说，“胡子一定有什么蹊跷。”

“也许他有参孙[①]情结，”麦克唐纳低声说道。然后，用更加毕恭毕敬的语气继续说：“你能把德布雷特的罪行和他人对他的描述联系起来吗？有人说他性情温和，是一个贫穷但无害的乞丐。事实证明，他有能力完成精心策划的阴谋，租用钟楼这样的地方，砍掉尸体的头部和双手，非常熟练地砌墙，卓有谋略地让所有人参与到这场阴谋中来。他死后在泰晤士河被发现，身上装着一条可能属于阿特尔顿的手帕、一条属于玛丽·安托瓦内特·布罗斯的手帕，以及英镑钞票，这些钱很可能是阿特尔顿失踪前一天从银行提取出来的。这怎么能不让人心生怀疑啊！一切都太恰到好处、太完美无缺了。”

“那么，你还有什么办法？”勒格雷问道。

麦克唐纳差点出口说“我不知道”，真这样说了他或许心中还能轻松一点。

“是想了几个，但都不太让人满意。”他说。

助理总监咆哮道：“这会儿知道你的想法没有说服力了，是吧？麦克唐纳，真有你的，越来越会胡思乱想了。”

“是，长官。”麦克唐纳承认道，不由得笑了出来，“还有一个人，格伦维尔，给警方带来了不少麻烦，现在

① 参孙：拥有天生神力的战士和军事领袖，此处形容人高傲倔强。

似乎快死了。他发现了手提箱——跟德布雷特的胡子一样，又是个令人困惑的证据。除了格伦维尔，没人能佐证手提箱是在他所说的地方找到的。我受够了他那副冒冒失失的样子，总是被人打晕（这次显然被打得过头了）。根据他自己的陈述，罗金厄姆在地下室，格伦维尔只身在钟楼工作室时，被人猛敲了一下头。我一直都不相信格伦维尔的说辞，认为有人是从上锁的门闯了进来。格伦维尔还跑去查令十字车站，撞上了摩托车。像他这样住在舰队街附近的记者，平日应该习惯了躲避交通，完全可以在不撞上车子的情况下穿过斯特兰德大街。要是他能动动脑子，那次就已经抓住德布雷特了，结果并没有。”

“嗯，我一直都觉得他举止不正常。他在破案的黄金时段，隐藏了行李箱在钟楼的事实，这点不由得惹人怀疑。那个叫伯勒斯的人，他，还有那位女士的故事，听起来可信吗？”

“假得不能再假了。”麦克唐纳说，“关于托马斯·伯勒斯，唯一能肯定的就是，昨晚不是他攻击格伦维尔的头部，也不是他把德布雷特扔进泰晤士河。我不知道能相信他和那位女士说的什么话。不得不提的是，他们都很乐意阿特尔顿消失。伯勒斯也许没有多少头脑，西比拉·阿特尔顿可聪明得多。此外，还有管家韦勒，一开始感觉此人很可信，昨晚看到他在花园里出没，又不这样认为了。”

“我还是觉得你在胡说八道，”勒格雷上校说，“你还有很多事情没了结，我想，你会在适当的时候找到心满意足的答案。还有，德布雷特过去一周藏身何处？”

“对，只要花时间，这些都不是问题。我想拜会一下‘小爱丽丝’，从她那儿或许会有新发现。”

“小伙子，你似乎钻进牛角尖了，过度关注细枝末节，简直是吹毛求疵。”勒格雷上校说。

谈话就此画上句号。勒格雷上校显然认为，这起案件简单直接，并不复杂，是麦克唐纳自寻烦恼（总督察自称是在寻找“钟楼里的蝙蝠”）。麦克唐纳对每个人都心存怀疑，他不喜欢谁，就容易把嫌疑引到谁身上去。除了直觉，别无佐证，这无疑是“作茧自缚”。他对马香的遗产、布罗斯家族都进行了合乎逻辑的推论，但又像回旋镖一样全部飞了回来。

过去一周，麦克唐纳着手调查德布雷特的居所，反复研究格伦维尔、韦勒、罗金厄姆的来头，以及伊丽莎白·莉的监护权问题，以自己的方式全方位进行调查。他决定先去会会韦勒，再跟托马斯·伯勒斯面谈。

到了帕克村南，管家为他开了门。一进图书室，麦克唐纳便直奔主题。

“韦勒，我想知道，你昨晚在家，还是出去了？”

对方脸上显出一丝不安的神情。

“长官，我出去了一趟。你走后不久，阿特尔顿夫人派我去跑腿。”

“什么事？你去了哪里？”

“夫人命令我，不许说出来。”

“这恐怕不行，韦勒。刑事调查期间，必须回答警方的问题。”

韦勒的不安之情越发明显。

“没做什么犯罪的事情，长官，就是帮夫人找个东西罢了，没什么可隐瞒的。不过，私自谈论主人，有违职业道德，这点相信你也清楚。昨晚你走以后，阿特尔顿夫人派人找我，让我去汉普斯特德的希思利大厦。那儿是莱西特小姐的公寓，如果她不在家，就带着夫人给的钥匙进门，在客厅桌上的书架找夫人留在那儿的地址簿。我不愿做这种事，但夫人的态度让人没法拒绝。”

“找到地址簿了吗？”

“没有，公寓里没有。我环顾一下四周，到书架，到各处都找了。我不情愿做这种事，带着夫人的钥匙闯进别人家中，要是主人回家，发现我在里面，那得有多尴尬啊！”

“是很尴尬。”麦克唐纳冷冷地表示同意，“你什么时候出去，什么时候回来的？”

“出去的时候大概是6点半，回来是8点多，记得不太确切。我坐地铁从莫宁顿新月站到汉普斯特德西斯公园，然后迷路了，那片街区异常宁静。夫人抱怨我去的时间太长了，但我心想，她要真的很急，可以让我打出租车过去啊。所以我一点也没着急，慢慢来。”

这人在讲述时，脸上的表情和态度都很平静，好像很乐意赘述这段不寻常的经历。麦克唐纳除了“很好，韦勒”之外未做任何表示。“我想见见你家夫人。”

管家抬起眉毛。

“长官，夫人正在洗澡，恐怕得等好一会儿。”

麦克唐纳没料到还要等阿特尔顿夫人洗浴，这不在他的计划之内。管家仍然用毕恭毕敬的态度，热心补充道：

“长官，您愿意的话，可以去电话间，我帮您拨通夫人浴室的电话。”

“长见识了。”麦克唐纳心想。转念又想，可以稍后再查证韦勒所述事情的真伪，现在要紧的是确定阿特尔顿夫人安全待在家中。他绞尽脑汁，想尽快得出万全之策。只剩他一人在电话间时，他直接向西比拉发问：

“我是麦克唐纳总督察，想知道你昨天派韦勒去汉普斯特德西斯取的地址簿里，是否有昂蒂布别墅的地址？”

电话那头沉默了片刻，然后西比拉·阿特尔顿用无比清晰的声音回答道：

“是的。地址簿不见了，肯定是被人偷了。”

“谢谢你，”麦克唐纳回答道，“我想问的就这些。”

从电话间出来，他开始思考，这个案子显然还有更多的可能性等待发掘。

第十四章

麦克唐纳见到伯勒斯的时候，后者已经濒临崩溃。任他天性多么固执，多么愿意为爱奉献，在警局待上两晚，都够他受的了。他有充裕的时间来思考自己所处的险恶境地，律师也未能带来慰藉。他那出色的明星律师满脸惊愕，让伯勒斯彻底心寒。在谋杀案现场被抓，“攻击执行任务的警察”，哪个都不是小罪名。唯有说出全部的真相他才有可能摆脱困境。但是，这恰恰是伯勒斯不愿意的，他只敷衍了几句。他让律师打电话给家人，说明他当前的处境。伯勒斯先生恶狠狠地说，他待这儿不走了，等着所有人都下地狱！

麦克唐纳过来时，伯勒斯先生已经开始意识到，自己必须做些什么。他再继续伪装出一副勇敢者的姿态，就真要陷入深渊了。

麦克唐纳彬彬有礼地向他道了早安，问他是否愿意做出什么供述。现在，他更需要解释自己出现在钟楼的缘由了，因为那儿的尸体确定是伯勒斯的朋友！

股票经纪人脸色变得苍白。

“这事跟我无关，有人故意栽赃。”他抗议道。麦克唐纳等他继续说。

“过去一周，我一直待在乡下，”伯勒斯先生表示，“我的一位客人——一位女士，因为她丈夫而平白遭到了许多麻烦。我，我对她身怀敬意，想尽我所能帮助她。她住在我家的时候，收到一封信，说她丈夫在钟楼里做了不光彩的事。长话短说，是她让我来调查，所以我才进城的。”

他用恳求的眼神看向麦克唐纳。

“我现在的处境很为难。这位女士不在场，我就无法回答任何问题，或做出任何供述。我真是不知该如何是好。除非你指控我谋杀，否则不能让我一直待这儿吧。总督察，你想想，不管怎么说，这事儿都不是我的错，我太难了。”

“是很难，”麦克唐纳同意道，“既然你保证自己与谋杀案无关，我也可以向你保证，你最好完全坦白。”他补充道，“我把话说清楚，你是因为自己的所作所为招致怀疑，就必须自己设法去消除。假如警方找到充分的理由起诉你，就有责任提前警告你，你所说的任何话都可能被用作呈堂供词。不过，目前还没有这样的理由。坦白，于警察，于你，都是最好的选择，可以帮你消除嫌疑。还有，必须提供可以证实的陈述才有用。”

伯勒斯开始冒汗。

“是你把我置于这般田地。”他咆哮道。

“不，”麦克唐纳回答道，“是你自己，也只有靠你自己才能摆脱。”

“你到底想要什么？”股票经纪人无力地问道。

“关于你上周三以来所有行踪的说明，以及那封让你去了钟楼的信，这都是为了你好。为了公正起见，请你回答几个关于德布雷特先生的问题。我之前跟你提过他，他与布鲁斯·阿特尔顿先生也有关系。对了，钟楼那具死尸，经鉴定就是阿特尔顿。”

“天哪！”股票经纪人又不淡定了。“我自己把脖子伸进了绞索啊。”

“通过你的描述，可以看出还是有外力帮了你的，”麦克唐纳回答说，“你自己决定怎么做。相信我，警方绝不会起诉一个能够证明自己清白的人。”

“依我看，不管我说什么，都只会让事情变得更糟。”伯勒斯先生说，“事情是这样的。上周三，布鲁斯·阿特尔顿去巴黎那天，我开车去了南安普敦，大概1点钟到的。先去皇家汽车修理厂把车放下，我开劳斯莱斯双座车，车牌号AAA 8181，这点你可以去核实。”他急切地补充道，麦克唐纳礼貌性地表示同意。“我在皇家饭店吃了午饭，然后去见了阿特尔顿夫人。”他端详着麦克唐纳的脸庞，似乎想从那张阴沉的脸上找出激动或兴奋的迹象，但是一无所获。

“大约3点钟，我取上车，驾车去了森林里的小别墅。那儿离斯坦威森林教区的林德赫斯特大概10千米，房子在昂蒂布。我们4点刚过到的。”

“仆人可以证实这点吗？”

伯勒斯先生摇摇头。“不，很遗憾他们不能。我没有安排长期住家的仆人。那个房子不大，没有多少空间。附近有对乔布森夫妇，男主人从结婚前就给我服务，他非常能干。我让他们两口子来照料小舍，他们平日也养鸡为生。乔布森和妻子替我照看着昂蒂布，我什么时候想去，提前发个电报，他们就赶紧去收拾打理了。我那天没看见乔布森，确实没看到。”他不无沮丧地补充说。

“真遗憾。”麦克唐纳说。

“事情就是这样，你还想知道什么？”伯勒斯突然咆哮道，“阿特尔顿夫人以朋友的身份来和我同住，这让我倍感荣幸。经过漫长的演出和排练，她已经筋疲力尽了，不想见人。好了，就这样。”他怯怯地说完最后一句。

“很好，”麦克唐纳说，“我是不是可以假设，在那一周，仆人见过你几次，但没人见过阿特尔顿夫人，对吗？”

伯勒斯先生点点头，显得无比沮丧。

“那封引你去钟楼的信呢？”

“哦，对，那封该死的信。西比拉——阿特尔顿夫人——怀疑丈夫有外遇，打算一拿到证据就跟他离婚。他要还有一点点体面，几个月前就该主动提出离婚了。这家伙是个彻头彻尾的骗子，全靠妻子的收入过活。跟你说，为这事我真是生了不少气。”

“就当是为了你自己好，现在别急着生气。”麦克唐纳说，“我不明白是什么在阻止阿特尔顿夫人离开她丈夫。既然对丈夫有诸多不满，何不起诉离婚。”

“他不愿意，离婚对他不合算。”伯勒斯先生埋怨道，“再说了，这事儿为什么要怪她？为什么还要把她牵扯进来？我告诉你，阿特尔顿夫人是好人，是位高尚的女性。”

“信是怎么回事？”麦克唐纳提起此事，伯勒斯先生瞬间怒目。

“哼，我多想抓住写信的混球，给他点颜色瞧瞧。我说过了，那个自称为德布雷特的家伙写信说，只要阿特尔顿夫人付钱，就给她想要的证据，她对此本是很警觉的。”

“德布雷特怎么知道阿特尔顿夫人想跟丈夫离婚的，你能猜到吗？”

伯勒斯拼命克制着咬指甲的欲望。“德布雷特认识阿特尔顿。我认为他是在勒索，应该说，我确定是这样。”

“为什么？”

“阿特尔顿几乎都告诉我了。那个讨厌鬼给他打电话之后，阿特尔顿找了我有500次吧，说是欠了赌债。如果西比拉一开始就征求我的意见，压根用不着跟德布雷特有任何交集，现在倒把自己搭进去了。结果呢，她给德布雷特回信，说只要拿来证据，就付钱。我查了这人信上写的地址，在查令十字广场，一家叫布兰科的店铺。跟你说，那地儿真够脏的，一个小旅馆，差不多要破产的样子。经营旅馆的家伙也是个讨厌鬼，我花了大价钱，才从他嘴里挤出一点消息。布兰科说，德布雷特是个戴眼镜的年轻小伙，留花白胡子，像是法国还是德国人，听口音是阿尔萨斯或者比利时来的，跟布兰科一直都说法语。我就得到了这些信息，剩下的你看着办吧。”（麦克唐纳没有告诉伯勒斯，这位不受欢迎的外国人“布兰科”大约两个月前被遣返了。英国政府出资，把他送到了奥斯坦德。）

“德布雷特在昂蒂布给阿特尔顿夫人写来第二封信的时候，我们讨论过这事。”伯勒斯继续说道，“他在信中说，如果阿特尔顿夫人——或者她的代理人——在周五晚上去莱姆树大道的钟楼工作室，就能拿到想要的证据。他还说，阿特尔顿先生可能要很晚才回那里，可以从走廊拐角的一扇破地窖窗户进去。告诉你，我并不愿意这样做，但我和阿特尔顿夫人一样想得到那份证据。而且，我仔细考量过，德布雷特显然消息灵通，从当时看也确实如此。”（伯勒斯到这儿重述了钱包照片之事。）“还有，那家伙是怎么得到别墅地址的？你说说！”他突然厉声道。

“或许是阿特尔顿告诉他的。”麦克唐纳平和地回答说，“昂蒂布的地址就在阿特尔顿夫人的通讯录里，我们在她丈夫的书桌里找到了。”

伯勒斯的脸色变得耐人寻味。他黝深的肤色越发浓重，麦克唐纳开始担心他的大脑会不会已经无力承受而中风倒地。不过，股票经纪人的下一句话说明他安然无恙。

“恶心的家伙！”他情绪激动地说，“偷拿妻子的通讯录，能看出他的品行了吧？”

“我还看不出来什么，”麦克唐纳回答说，“据我所知，阿特尔顿夫妻的为人处事只能说是半斤八两。”

大胖子经纪人出其不意起身，用格外敏捷地身手冲向麦克唐纳，直接朝脸挥拳。

“让你乱说！”他大喊道。

这一击没有打中目标，麦克唐纳的反击倒是精准有力，托马斯·伯勒斯直接倒地，顺势碰倒一把坚硬的木椅。他满口脏话，可见确实受了不小的疼痛。这时，门打开了，一位警察急匆匆冲进来，询问是否需要帮助。

“要，”麦克唐纳说，“把这位先生扶起来——他刚从椅子上摔下来了——再给他倒杯水。”

警员刚一出去，他就对伯勒斯说：“你要总这么容易冲动，不管不顾地对别人大打出手，就是自找麻烦。打破我的头，对你有什么好处？多长点脑子吧！”

伯勒斯先生吸了吸鼻子，发出一连串的咕哝声，似乎表示他想敲碎麦克唐纳的脑袋。警员把水送来以后，总督察接着说。

“现在，你该用理智来好好看待这些事情。攻击我不会改变事实：阿特尔顿夫妻相互都有可控诉对方的理由，陪审团会认为你有谋杀阿特尔顿先生的动机。问你一件事，可以的话请回答我。除了你的车在3月12日星期三下午一点后不久停在南安普敦车库以外，还有什么能够佐证你的说法？对，这车是可以开很快，但是再老道的司机恐怕也没法3个多小时就从伦敦开到南安普敦。你在昂蒂布别墅的停留，信的事，都没什么有力的作证。昨晚我见过阿特尔顿夫人，她的说法跟你一致，但是她给我的信和褪色的照片上，除了你们两位，没有任何其他人的指纹，这对你们可不利。还有，你已经两次随意使用暴力，更对你没什么好处。”

伯勒斯的脾气已经消失无踪了。他坐在坚硬的椅子上，阴郁沮丧，愤然咬着指甲。

“我已经告诉你真相了，”他含糊地咕哝道，“能做的就这些。肯定是那个德布雷特杀害了阿特尔顿，要不我总说他是个无赖呢。这事儿没什么好奇怪的，他知道的太多了。”

“你觉得阿特尔顿的管家韦勒怎么样？”

这个突如其来的问题让伯勒斯猛然抬头，他用怀疑的眼神看向麦克唐纳，慢悠悠地回说。

“据我所知，韦勒是个正派人，没什么毛病。他是什么人，我也没法确定。看看现在这种混乱的情形，还能相信谁？你说，韦勒有什么杀死阿特尔顿的理由？”

“阿特尔顿向你借钱时，有没有暗示过希望有人把财产留给他之类的话？”

“留给他？没有啊。他总是抱怨家里一穷二白，就只有一个亲戚了，不是吗？那个靠年金生活的老穷鬼，人们都叫他‘老兵’。阿特尔顿倒是说过，希望自己的书能拍成电影，可以发一笔财，不过这愿望从没实现。”

“你说阿特尔顿对妻子不忠，有什么证据吗？”

“我认识他妻子前，就见过他跟别的女人厮混。有人说，阿特尔顿有钱的时候，曾在梅达谷置办房产。我试着调查此事，不过，我的个天，简直是大海里捞针。他有一半时间都不在家睡觉，到底人去了哪里，鬼才知道。”

“这也不算是有说服力的证据。我需要德布雷特的第二封信，就是让你去钟楼的那封。”

“这个可以给你。星期五回伦敦的时候，我把信保管在银行了，就怕丢。你这样的正人君子肯定不明白，说不定有人会以此来勒索我们。我不想把信放在公寓，生怕被人偷走。对了，你要把我关多久？”

“既然你已经解释了自己的行动，我的调查也就结束了，没有理由继续拘留你。不过，你必须保证待在家中或者附近，可能还需你提供证据。”

麦克唐纳一直低头看着笔记本，说话从容不迫，但大脑在高速运转。他抬起头，看着对面这人的眼睛。伯勒斯先生双眼呈棕色，透着光泽，眼球略凸出，眉毛浓黑。有那么一会儿，麦克唐纳觉得读懂了他的表情，一半是偷偷摸摸，一半是带着询问。伯勒斯的眼睛里活脱脱写着：“我能逃脱吗？”两人目光一交汇，深棕色的眼睛换了个神色，迅捷程度跟演员有的一拼。肤色黝黑的伯勒斯跳起来说：

“我可不会逃，没那么傻。赶紧让我离开这鬼地方，受够了。你要跟我一起去银行，就可以把德布雷特的信拿上，继续追踪他，他才是你要找的人。”

“你不必担心德布雷特，他很安全。”麦克唐纳回说，“再坐一会儿，我还没说完。”

“我要像你这么磨叽，生意早跑完了。”伯勒斯驳斥道。麦克唐纳继续说：

“我需要你父母和祖父母的名字，还有你的出生地。”

托马斯·伯勒斯肥胖的脸上显出耐人寻味的变化。他的脸色越发深重，两颊和额头瞬间变红，连眼睛仿佛都充了血。他怒视总督察，十足像一头被惹毛的动物那样凶狠。

“搞什么鬼？”他有些语无伦次了，“我的父母和祖父母是谁，跟你有什么关系？我再也受不了你这些愚蠢至极的问题。”

“你必须回答，”麦克唐纳说，“这种情况下，每个嫌犯都必须回答。这问题并不难，我直接去趟萨默塞特宫也都能查到。”

“你去找啊，”伯勒斯气急败坏地说，“我还从未听过如此无礼的问题。我的律师和银行家都会证明，我是个正直的商人。给你说得够多了，总督察大人！”

“我提出这个问题，是因为需要答案，”麦克唐纳回答道，“拒绝回答只会显得你很幼稚。一旦你的嫌疑解除，你提供的所有事实证据都会成为机密。”

“我把可能跟案子有关的所有事情都如数告知了，还有不少毫无关联的事，”伯勒斯先生怒斥道，“我的忍耐要到极限了。告诉你，要想查问我的家人，就是窥探隐私，我决不容忍。”

麦克唐纳让他接着说，心里默想，自己是否已经找到过去一周这些事情的背后缘由。如果说托马斯·伯勒斯

（也许是玛丽·安妮·布罗斯的后代，马香的亲戚）除了赢得西比拉·阿特尔顿，还有机会继承25万英镑财产，或许是会精心编织这场复杂的阴谋，以花胡子海狸作为工具或帮凶。西比拉是位富有经验的出色演员，很可能由她谋划了德布雷特所要扮演的角色，并确保韦勒在警察抓住德布雷特之前结束他的生命，而罗伯特·格伦维尔不合时宜地出现，因过度的好奇心遭到了袭击。

“第三种可能性。”麦克唐纳自言自语道。他的眼睛仍然盯着笔记本，发觉对面的人又咬起了指甲。

“你要的是德布雷特，不是我的祖父。”伯勒斯愤愤地说。

麦克唐纳直视着他，决定告诉对方。

“我们找到德布雷特了，”他平静地说，“他的尸体昨晚在泰晤士河发现的。同时，附近码头上还发现了另一男子，人受了重伤，还好活了下来。那人是格伦维尔先生。据我所知，他跟你都参与了在阿特尔顿家的谋杀讨论。”

伯勒斯的眼球越发往外凸出，惊恐万分。

“格伦维尔？”他哭喊着说，“格伦维尔？你是说，他也死了？”

“不不不，我没这么说。”麦克唐纳说，“他还活着，希望能赶快康复，回答警方的问题。你的陈述虽然不能完全令人信服，我也不想无限期拘留你。你可以回家，但要保证，警方传唤的时候，很快就能赶来。我派警员跟你去银行拿德布雷特的信。我得警告你，不要乱跑，警察需要的时候最好能很容易就联系到你。”

几分钟后，伯勒斯先生离开警局，麦克唐纳在电话里说：

“兰德银行城市分行——盯紧他，里夫斯，盯紧紧的。”

第十五章

伊丽莎白·莉和格伦维尔、罗金厄姆在弗尼瓦尔宫谈过后，回家舒舒服服睡了一大觉。早上醒来以后，却感到莫名的不安。

记忆也跟着苏醒了。她想起布鲁斯·阿特尔顿可怕的死亡，不禁打了个寒战。伊丽莎白光着胳膊，双手抱膝，顶着一头红色短卷发，像个孩子那样无助。她多希望这一切只是一场噩梦。

“我该怎么做？”她问自己，“西比拉讨厌我，我也不喜欢她，可我不能表现得好像什么都没发生过。明知她一点也不在乎，还去见她，看她摆出漂亮的假哭模样，安慰她，真是糟糕！”

伊丽莎白穿好衣服，决定不打电话，直接去家里，心里盘算着如何拼命挤出些场面话。正擦着面霜，她突然想到，布鲁斯·阿特尔顿一死，她没有监护人，那和鲍比·格伦维尔结婚的障碍也就不复存在了。她绝对没法和西比拉同住，西比拉也不愿留她在家中。作为家族中唯一的孩子，伊丽莎白感到在这个世界上孤单极了，她似乎在突然之间意识到自己的孤独，自己不过是沉迷在俱乐部里的古怪女孩罢了。新鲜感消退以后，俱乐部也无法令她满足。鲍比提议去圣殿教堂或格雷旅馆，在一个独立的空间与朋友们相聚。她心想，这比俱乐部好玩多了。

吃过早餐，她到俱乐部车库，开上自己的莫里斯轿车“黛娜”。伊丽莎白喜欢开车，就像鸭子喜欢水一样。她天生路感很好，可以自在驾车，穿过伦敦的街道，享受复杂的驾驶过程，准确判断距离，熟练开进大环形路。她有着机械时代的孩子的天赋，能轻松掌握转向、换挡、倒车和停车技巧，不过对发动机原理之类的知识是一无所知，反正车要么能开，要么开不动。车没法开的话，就送到附近的修车厂，让工人们看着处理，唤醒“黛娜”，就能重新启动上路了。

在开车去帕克村南的路上，她觉察发动机排出难闻的废气，厌恶地皱起小鼻子。手刹放下了（她有次曾拉着手刹行驶了好几千米），打开前边的散热器，一切正常。

“是油太多还是太少呢？”她沉思道，“总归是哪里出了问题。”

到阿特尔顿家，是韦勒开的门，他苍白的大脸盘布满忧郁。伊丽莎白对他说：“哦，韦勒，这多可怕啊，真像是一场噩梦!”

“是的，小姐。我睡醒时也有这种感觉，”他回答说，“真是令人难过！我从没在警察进进出出的房子里待过。”

“糟透了!”伊丽莎白表示同意了，“韦勒，能帮我看看‘黛娜’吗？她在冒烟，我不知道怎么回事。你很懂发动机，总能帮我找到问题的。”

“小姐，我有时间就去看。现在，你也知道的，家里有点麻烦。阿特尔顿夫人很是焦躁不安。你想见她吗，小姐?”

“是的，韦勒，我必须去，虽然不知道该说什么。”

“的确如此啊，小姐。”韦勒感同身受地说。这时，法国女佣路易丝步履轻盈地下楼来了。

“路易丝，阿特尔顿夫人在房间吗?”

“是的，小姐，不过她不想被打扰。我送早餐上去的时候，告诉她您来了，可以在这里等会儿吗?”

“当然可以，路易丝。别怪里怪气的，我又不是客人。”

伊丽莎白从小楼梯右侧上去，进了图书室。不知何故，这里完全变成一派高级酒店的架势，整洁有序，全无文件或书籍，她突然想哭出来。她对布鲁斯·阿特尔顿本没有任何好感；其实，父亲把她交给阿特尔顿照管时，这个诡异的安排一度令她十分反感。现在，她又不禁回想起布鲁斯对自己的友好和善意，没有听从她住在俱乐部或旅馆的提议，坚持让她住进自己家里。他竭力让伊丽莎白在这里的生活快乐愉悦，费心思教她读书，欣赏文学，摒弃垃圾，爵士乐和各种音乐，学说比较正式的英语，不要只会口语化的表达。独自一人待在这个专属于他的房间，伊丽莎白想起他高大的身材，黝黑的脑袋，从高额头上甩下来的黑色额发，为自己曾不喜欢他感到后悔。

她不安地走来走去，点了一支烟，又很快熄灭。这是布鲁斯常吸的土耳其烟，散发的味道让她越发怀念了。她的思绪转向罗伯特·格伦维尔，决定给他打电话，请他今天晚些时候过来。

她走到电话间，拨通格伦维尔的号码，听着那边无休止的铃声，等到不耐烦了。最后，一个女人接起电话，是格伦维尔的女房东，传来既担忧又埋怨的声音。

“他不在这儿。警察说他出事了，人在医院，具体情况我不清楚，也猜不到是怎么回事。警察说他住院了，你自己问吧。”

伊丽莎白还没来得及想出下个问题，就听到屋子里传来“砰”的一声巨响，接着是女人的尖叫，电话间的墙壁都被震动了。伊丽莎白马上放下电话听筒，冲到楼梯平台上，然后直奔大厅一侧的门口。女人的尖叫声传来，高呼救命。陡峭危险的楼梯常年昏暗，因此电灯一直亮着。越过七拐八绕的楼梯，她看见韦勒半坐半躺，蜷缩成一团，玻璃罐的残骸四散在他周围。厨师希尔曼夫人在他旁边号啕大哭，绞着双手，鲜血染红了她白色的围裙。伊丽莎白惊恐地看到，血正从男管家手腕的伤口喷涌而出——不是缓缓流淌，一股猩红色血流喷涌而出。

伊丽莎白对急救知之甚少，但她明白，如此严重的出血，动脉肯定给切断了。她是欠缺急救技能，好在关键时候并不缺乏勇气。伊丽莎白扯下脖子上的丝巾，跑到楼下大喊:“别哭了，快打电话叫医生。希尔曼，艾米（客厅的女仆），出去找警察，他们知道该怎么做。”

她俯身看着管家，那张苍白的、惊恐的面庞耷拉在肩膀上。她把围巾缠在韦勒的手腕上，用尽全力拉紧。她挣扎着救人的时候，抬头看了一眼，发现西比拉·阿特尔顿站在楼梯顶端，脸色煞白，神情木然。

“快来帮忙啊!”伊丽莎白喊道,“再不做点什么，他会死的。我不会止血，西比拉，你会绑止血带吗?”

过了一会儿，当伊丽莎白感到恶心和绝望，以为永远也无法止住簌簌的血流时，一个男人从楼下大门跑了进来，身后跟着客厅女仆艾米。

“好了，小姐，我来看看。你去找些绷带——结实点的——再找一根扦子，或者类似的东西来拧紧绷带。打电话叫医生了吗?”

伊丽莎白冲到厨房，和艾米协力把干净的亚麻布撕成布条，又找了一根金属扦子，回到来帮忙的陌生男子身边。他对止血带显然了如指掌，给伤口上方绑了一根小金属管，借助扦子，把绷带缠得紧紧的，直到血流停止。然后，他敏捷地抬起身形笨重的男管家，平放在过道地板上。

“真够严重的，真的。联系医生了吗，女士？”他对着体型壮硕、浑身颤抖的厨师说。“好，现在请冷静一点，告诉我们是怎么回事。我建议您去换件围裙，再给自己泡杯茶。”

伊丽莎白在楼梯上坐了下来。一阵恶心头晕，把头埋在膝盖之间，就像在学校被老师教导时的样子。她感到身心俱疲，希尔曼夫人激动地爆出一连串话。

“我早说过不止一次，这楼梯迟早要害死人，哪里是人该走的？希望他们现在满意了，差点杀死大好人韦勒。他这么尽职尽责，结果呢？楼上那个冷血的人压根没打算费一点力气救他，光是从早到晚地使唤他……”

“闭嘴，希尔曼，去厨房继续工作。艾米，拿桶和布过来，把楼梯从下到上拖一遍。”伊丽莎白厉声说道。

“不好意思，小姐，我认为最好保持原样，待我们查清事情的来龙去脉。”

急救专家的声音谦恭而自然，伊丽莎白有些惊讶地转向他。

“事情很明显啊，”她回答道，“楼梯顶上的垫子有裂缝，他肯定是端着水壶绊了一脚。”她看向这位陌生的热心人士，补充说：“非常感谢你的帮助。能告诉我你的名字吗？”

“不用了，小姐，我是便衣警察。我就在这儿等医生来，然后做个报告。这事故可真够严重的，我得照看病人，不能让他的血液循环完全停止。”

伊丽莎白还没来得及问为什么便衣警察会及时出现，医生就到了。她径直上楼到西比拉的房间，敲了敲门，没等回答便走了进去。

“西比拉，我觉得你太不可理喻了，眼睁睁看着，一点也不帮忙，就那么走了，难道不怕他死吗？”

阿特尔顿夫人坐在梳妆台前。一看到伊丽莎白沾满鲜血的衣服，她不禁战栗起来，闭上眼睛。

“路易丝，给莉小姐拿件我的裙子和外套。”她对身旁的女仆说。然后，转身跟伊丽莎白说：

“我不能看血，这你知道的，我会恶心想吐。伊丽莎白，我不知道你来干什么，现在我不想看到你，请走吧。你可以在浴室换衣服。”

“你真是可以，西比拉！”

“赶紧走！没有你添乱，家里就已经够我烦的了。”

伊丽莎白抓起女仆递来的外套和裙子，说：

“很好。我是来道歉的——为所有一切道歉。既然你这么想，我马上就走。”

她在西比拉的浴室换好衣服，跑到楼下。医生和便衣警察正在温室里交谈，伊丽莎白对后者说。

“我要走了。我叫伊丽莎白·莉，想找我的话，来格罗夫纳街的密涅瓦少女俱乐部。我对韦勒的意外一无所知，听见他摔倒的时候，我正在电话间里。”然后，她想起一件事，问道，“能告诉我去哪儿找总督察麦克唐纳吗？我想和他谈谈。”

“小姐，去伦敦警察厅吧，他们会告诉你麦克唐纳什么时候在。”

“谢谢，我现在就去。”伊丽莎白说。医生看着她，觉得有些好笑，忍住未表现出来——这女孩一点不像该去警察厅的人。他低声说了几句话，夸赞她努力给韦勒绑住伤口，还喊着让叫救护车。男管家因失血过多和休克，现在的状态很不稳定。他回去大厅，只剩伊丽莎白和那位警察在前门。

“小姐，走之前能回答一两个问题的话，以后我们就不会再来打扰了。你从电话间出来，有没有看到任何人在楼梯平台、这里或大厅里？”

“没有，没看见任何人——我只听到希尔曼大喊，就径直跑下了楼梯。”

“你后来见到阿特尔顿夫人了吗？”

“看见了，她在楼梯顶端，喊她帮忙，可她不愿来，她讨厌血。然后，你就来了，是女仆艾米带你来的吧？”

“女仆？对，小姐，我刚好在附近。你进门和男管家说话，有没有听他暗示有什么麻烦？有没有说起女主人？”

伊丽莎白瞪大眼睛。“没有，什么都没有。”

“很好，小姐。”

男人站到一边，伊丽莎白打开门，跑回车上。她已经下定决心，要去见总督察，问问罗伯特·格伦维尔到底发生了什么。她绕外环转了一圈，好避开拥堵的马里波恩路段。“黛娜”冒烟的情况越发严重，她不耐烦地猛踩油门，一瞬之间，烟雾将她包围，传来燃烧的味道。她猛地停下，看到离合器冒出一条细小的火舌，马上去拉门把手，却卡住了。她慌乱地挣扎了几秒钟，恢复镇定，赶紧离开方向盘，奋力打开副驾驶的门，滚落到人行道上，身后浓烟滚滚。

烟雾蒙蔽了她的眼睛，伊丽莎白的心怦怦直跳。她看到另一辆车停在身后，一位高个男人拿着灭火器朝可怜的“黛娜”跑来。不一会儿，身旁聚起一群人——跑腿的仆人，受惊的小贩，和蔼可亲的牧师，还有穿背心和短裤、正在晨跑的奇怪绅士。伊丽莎白惊魂未定，一个出租车司机（也带着灭火器）和警察也出现了。现场一片骚动，有人不断提出各种疑问。“黛娜”还在冒烟，火势已经渐灭，手持灭火器的热心人打开前盖，给出了各种专业的见解。

“喇叭的导线熔断了，橡胶绝缘材料就着火了。”绅士第一个当场给出了结论。警察拿出笔记本。这是伊丽莎白·莉当天早上第二次向警方提供自己的姓名和地址信息。她向警员保证，绝不继续开车。她说要把“黛娜”留在原地，等修车厂的人把车拖走。

“警方传唤我的话，我一定来，”她表示，“宁愿被传唤，也比被烤焦了强。那太可怕了，你知道吗！”她向警察保证道，“我出不去，门卡住了。”

她终于挣脱出来，警员带她坐上出租车，承诺会好好盯着“黛娜”，等人来拯救她。

伊丽莎白让出租车司机开去伦敦警察厅，他惊讶地瞪大了眼睛。听到这话，警员又拿出笔记在写什么。

“我说的是真的，”伊丽莎白厉声道，“开车，快点！”

到了警察厅，伊丽莎白觉得自己格格不入，真像个傻瓜。她问门口穿制服的人，该去哪儿找总督察麦克唐纳。有人带路，伊丽莎白跟着穿过走廊，登上楼梯，走进一间房，外表与市政厅的税务员办公室无异。她觉得警局没什么好吓人的，警员们看起来也并不凶悍，甚至可以说像是温顺的小羊羔。她不知道这个“龌龊警察”是怎样的人，想象中他是个戴平顶帽、个头矮胖、红头发的家伙。她试着拉展裙摆（西比拉身材也很苗条，但胯部比她宽些），“小羊羔”露出愉快的微笑，带她穿过一扇门，对面迎来的是高个子男人，灰色眼睛，身着剪裁得体的蓝色制服和深色领带。

“我找总督察麦克唐纳。”她说。高个子笑了。

“好的，莉小姐——你已经找到他了，”他答道，“我正等你呢，今天早上是不是不太好过？”

他给伊丽莎白拉开椅子，女孩充满感激地坐下。

“呼，确实了！”她回答道。“‘黛娜’着火了——就是我的车，门卡住了，差点把我烤熟。还有，可怜的韦勒……”

“我听说他的遭遇了，”他回答说，“还听说你帮他急救，起了很大作用。跟我说说‘黛娜’吧。”

伊丽莎白发现他很好交流，滔滔不绝说出一大堆信息，最后问：“我来这里是想问你，格伦维尔真出事了吗？”

“是啊，”麦克唐纳说，“情况不容乐观，不过圣约瑟夫教堂的医生正在全力救治。有护士专门看护，尽可能地照料。”

他看到伊丽莎白孩童一般纯真无邪的圆眼睛蓄满泪水。

“他不会死吧？没那么糟糕吧？”

“但愿不会。”麦克唐纳平静地说，“听着，今天早上的事都很可怕，我让人冲杯咖啡给你，然后希望你能回答一些问题。卷进这些麻烦里，真是糟糕。你今年多大了？”

咖啡来了，“龌龊警察”递来一支烟，温柔地告诉她，罗伯特·格伦维尔是如何被人击倒，躺在雪地里，染上肺炎，暂时无法说话的。

伊丽莎白瞪大眼睛。“他答应我说不去那个码头啊！”她高呼。

过了一会儿，她把自己掌握的关于德布雷特信件的内容全盘报告给总督察，咒骂道：“那个恶魔！”督察问她是否见过德布雷特。“我见过那个花白胡子的家伙，”她回答说，“见过一次，永远都不会忘记他的样子，十足的怪胎。”

“很抱歉不得不把你牵扯进来，莉小姐，”麦克唐纳说，“现在格伦维尔还在昏迷，似乎只有你和罗金厄姆能认出那个留花白胡子、故意接近阿特尔顿的人。德布雷特也死了，想请你看看他的脸，告诉我们是不是你在帕克村南看到的那人。我知道这对你来说太残忍了，但能给警方莫大的帮助。我们必须找出杀害阿特尔顿先生的凶手。”

伊丽莎白惊恐地看着他。

“必须去吗？如果是这样，我会去，哪怕心里真的不情愿。”

“我知道你会去的。不是非如此不可的话，我也不会特意麻烦你。我跟你一样，不喜欢这种安排。你还是个孩子，不该卷入这种事，但形势逼人，又不得不这样做。我想要查明，到底是谁打晕了格伦维尔。”

“我也是！”伊丽莎白尖声尖气地说，“他真是个笨蛋！居然会去那么可怕的地方！”

“他的确是笨蛋。”麦克唐纳同意道，然后继续询问她阿特尔顿家的情况，以及她对西比拉、伯勒斯和罗金厄姆的了解。他的问题简单直接，不过伊丽莎白丝毫不为所动，还是用惯常的方式，滔滔不绝地讲述，似乎有种如释重负的感觉，终于可以向这样一位充满理智的对象倾诉。麦克唐纳听完她未加矫饰的话语，从心底里生出喜欢。她是个生性快乐、积极乐天的年轻人，在阿特尔顿家值守的人打电话报告了韦勒的意外事件，他知道伊丽莎白在当时展露出了非同寻常的勇气和力量——这反倒让他心生歉意，现在这种情况，使他不得不对所有人都报以怀疑。针对每件事，都可以做出多种解读。或许韦勒是提着玻璃水壶不慎从楼上摔下，或许他是被人暗下黑手。根据以往经验，麦克唐纳知道，在楼梯处挂一根脚踝高的绳子，就足以让人头部朝下倒向地面，摔断脖子也不一定。事情发生时，伊丽莎白·莉就在阿特尔顿家中，和屋内其他任何人一样，都能轻而易举造成这种结果。另一方面，她自己也可能是遭人暗算：汽车着火，车门打不开，说不定一条如花的性命就此结束。伊丽莎白进屋后不久，韦勒曾打开她的汽车引擎盖，往车里看了几眼。

麦克唐纳带她到停尸房，进入德布雷特的尸体停放间，里面阴森森、空荡荡的，他这时感觉自己过分残忍了。他揭开死者脸上的盖布，站在伊丽莎白身边，感到她冰冷的小手突然想抓住自己，像个受惊的孩子。死者的脸部如同雕刻的面具那般高贵，线条平滑自然，双眼紧闭，两颊凹陷，露出神秘而平静的微笑，使疲惫的面容略显安详。

麦克唐纳低头看着身旁的女孩，只见她摇摇头，低声说："我不知道，除了胡子，别的地方都不像。这人肤色是青黑色的，看起来平静安详，那人可是异常凶猛的。我不知道，可能是，很像，又觉得不是。"

对于这样的答案，麦克唐纳也算感到满意。其实，如果伊丽莎白·莉马上辨认出面前这张平静的脸，他反倒更加疑惑。死亡是个了不起的炼金术士，清除了许多人面部的丑陋，腐蚀肤色，抚平轮廓。年轻女孩看着如此苍白的面容，还能无动于衷地说，"这就是他"——她只见过一次的男人，这可能吗？

伊丽莎白·莉走后，罗金厄姆下一个进去看德布雷特那张难以辨别的脸。

他盯着面部看了很久，皱着眉头，并不十分确定。不过，他最后转向麦克唐纳，点了点头。

“是，确实是我见过的那人。他变了很多，现在看起来像是带着圣洁的光辉，不似之前那般邪恶。不过，我见识过太多的死亡，很可以理解外貌的巨大改变。我很确定，他有一边眉毛比较高，活着的时候看，脸部怪怪的，现在看这种不对称性还很明显。”

麦克唐纳点点头。“是，我也注意到了。他的眼睛上方受过伤，还留有疤痕。他现在看起来这么平和圣洁，不太像那种会把别人尸体封存在壁龛里的人，是吗？”

罗金厄姆皱眉往后退了退。

“太瘆人了。壁龛——这人简直是个魔鬼！我反正这么觉得。咱们赶紧出去吧。”

一出门，罗金厄姆就问：

“格伦维尔怎么样？有希望救活吗？”

“很有希望，谢天谢地！”麦克唐纳回答道，“他已经度过最危险的阶段，过一两天也许就能回答警方询问了。从我们掌握的情况来看，他的行踪令人生疑。格伦维尔住的地方门特别多，堪比狡兔三窟，甩开警方不是问题，要监视弗尼瓦尔宫可真不容易。”

罗金厄姆困惑地看着麦克唐纳。

“监视？”他问道，“你认为格伦维尔参与了这一切吗？”

“他在案情的每个节点都出现了。”麦克唐纳回答说，

“你是最早开始跟踪此事的，肯定也注意到了。对了，起初是什么促使你来找警察的?”

“格伦维尔在钟楼找到阿特尔顿的手提箱。”罗金厄姆严肃地说，“如果我们的怀疑是真的，他就这么死了岂不是皆大欢喜?”

“我不能这样想，”麦克唐纳回说，“在当前的情况下，我也不会这样想。他会好起来的，然后回答我的一些疑问。目前，很多都是基于猜测——或者叫逻辑重构，也许你会更喜欢这个专业说法。除了我，似乎每个人都对目前的结果感到满意，还有人说我就是真人版的福尔摩斯。你走之前，我还有最后一个问题。我反复查看了阿特尔顿的护照，是去年12月颁发的。他是否丢失过护照，申请了新的呢?”

罗金厄姆沉思片刻，才回答说:“据我所知没有。如果近些年申请过，他应该会告诉我。他常出国的。能问下护照办公室吗?”

“希望他们知道答案。”麦克唐纳说。

罗金厄姆似乎还在专注思考其他问题，没有追问麦克唐纳这个奇怪问题的由来。过了一会儿，他接着说:

“你之前问我昨晚什么时候离开格伦维尔家的，我回答说是6点刚过。既然你们在监视他家，就应该早知道我出来的时间。”

“对，”麦克唐纳表示赞同，“我们的人跟你说的时间一致，6:05。之后你在斯特兰德大街上了13路公交。6:35，因为有黑衫党在特拉法尔加广场示威游行，这辆车被拦住了。你7:30到家，看来在高峰时段的伦敦，走路比坐公交快多了。”

罗金厄姆皱起眉头。

“你们在跟踪我。我倒是这样怀疑过，但没有确定。好吧，从没想到我会被伦敦警察厅跟踪，你们的这种关心，我还真得感恩戴德呢！”

“很抱歉让你失望了，”麦克唐纳说，“我们并没有跟踪你。”

“那你怎能确定我上了13路公交，到斯特兰德大街车停下，给黑衫党让路的？”

“我不确定，”麦克唐纳轻快地说，“我只是根据你的陈述，与已知的事实行比对得出的推断。”

“记住，我也有可能袭击格伦维尔的头部，把德布雷特扔进泰晤士河，赶7点钟回到小房子。”

“我会的，”麦克唐纳回答道，“在这种情况下，需要记住很多事情。”

罗金厄姆放声大笑，很快又恢复平静。

“感谢苍天，格伦维尔越来越好了，”他回说，“这是目前的混乱局面当中，为数不多的好消息了。托马斯·伯勒斯怎么样？”

“完完全全的一匹黑马，追溯不了来头。”麦克唐纳说，“我没法断定，他是太聪明还是太愚笨了。”

“从他的银行存款余额看，我倾向于是前者。”罗金厄姆回答道。

第十六章

罗金厄姆指认，停尸房里的死人就是曾跟阿特尔顿交谈之人，之后麦克唐纳拿出当晚他为案件做下的全部笔记，凝心聚神看了一遍。

在一天的时间里，许多问题已经找到了答案。通过各种渠道获得的信息说明了德布雷特的藏身之处：过去两个星期里，他都住在卡姆登镇的一个房间（人们称那里是“美式公寓”）。房子的主人是位面目可憎的犹太人，自称詹姆斯·斯图亚特，除了说访客租房时预付了一个月的房租，其余一无所知。斯图亚特自认为他提供的这点参考信息是极为有用的。房间里有一张床、一个吊柜、一张桌子和一把椅子，家用设施仅有水槽和煤气炉，门上安着耶鲁锁。这个楼上的都是出租屋，住着生活寒酸千奇百怪的家伙，整天都在外面游荡，彼此一无所知。詹金斯先去调查了房子，说他怀疑这些房客似乎都有犯罪嫌疑，而这些人又都不愿意承认了解“巴布勒先生”——“花胡子海狸”告知房东的名字。

在房间里发现的物件中，与警方调查有关的，只有布鲁斯·阿特尔顿死前不久写成的一个剧本，以及他的手表，靠着制造商在上面标注的数字才查明来源。这条证据缩小了嫌疑人的范围：德布雷特是钟楼罪案的幕后凶手，也是他攻击格伦维尔头部，并且在泰晤士河处理格伦维尔时，自己不慎从积雪的码头滑落河中。

麦克唐纳盯着眼前的所有证据，仍在犹豫不决。一方面，他需要时间，很多很多的时间。他很想暂停死因询问，但没有充分的理由，也不可能无限次要求暂停。现在拿出所有证据来看，一切都指向德布雷特——从他这个角度的推理（麦克唐纳从细节一点一滴拼凑而成）是完整的。

可他还是需要时间。通过查询萨默塞特宫繁复的登记信息，他发现拒不陈述自我行径的托马斯·伯勒斯不简单，他对自己出现在钟楼的解释并不能让总督察信服。韦勒和他的“事故”相当复杂，伊丽莎白·莉的汽车突发火灾，而罗伯特·格伦维尔能否挺过来，做出有利于查案的陈述，麦克唐纳都无法确定。他早上坚定地表达了自己的乐观态度，现在又不禁开始怀疑。如果格伦维尔在接受审讯之前就死去，那由其他证据得出的结论很难让人信服。这个案子似乎只能从各种可能性中找出概率最高的那个，麦克唐纳却并不信任这种方式。他与罪犯打交道的过程中，遭遇过太多不可思议的事情，除了第一手证据之外，其他什么都不可信。

麦克唐纳坐定，抽着烟斗，把文件放在面前的桌子上，恢复往日的沉着镇定，为晚上的工作做好准备。他在内心深处，等待着什么事情发生，等待着最重要的时刻。或许，过去几天接连发生各种事件，便是为即将到来的高潮作序曲。

他思考着几位“联系人”的行径，就像棋手思忖棋子那样。格伦维尔和韦勒在医院——两人都失去了战斗力（马和车，本都是威力巨大的棋子）；伯勒斯逍遥在外，里夫斯负责监视他；西比拉·阿特尔顿留在家中（或许仍待在她银色的闺房里）；伊丽莎白·莉在俱乐部；尼尔·罗金厄姆在小房子，不久前还打电话给总督察，询问格伦维尔的情况，伊丽莎白·莉亦是如此；“老兵”躺在奇西克的小屋里，坚持与死神斗争，由忠诚的、“小爱丽丝”看护。这位爱丽丝喜爱布鲁斯，跟他透露了太多信息。

麦克唐纳身旁的电话响了，他一把抓起，听到另一头传来急迫的声音。

“麦克唐纳吗？我是罗金厄姆，能派人来一下吗？有怪事发生……”电话那头传来巨响，接线筒都被震动了。

麦克唐纳听到电话那头传来的当啷声——显然是听筒

掉落了——然后，电话断了。他接上通话中心的另一条线——他要求“备好车，随时待命”——过了一秒，电话接通，他大喊：“追踪那个电话，快点！”

电话局以最快的速度向伦敦警察厅提供帮助，但麦克唐纳仿佛等了一个世纪那么久。

罗金厄姆从小房子传来的声音，还有一声枪响，麦克唐纳经常遇到类似情况了，深知这不可能是恶作剧。通话中心回电几秒后，麦克唐纳已经跑到楼下，坐上警车。司机脚踩离合器，手握方向盘，一路风驰电掣般朝前开去，沿途车辆纷纷让道。绕过议会广场，在高鸣的警报声中，车辆穿过威灵顿兵房和宫殿，登上宪法山，速度之快令衣着华丽的剧院观众发出不满。他们抄近路穿过海德公园角，从本来禁止通行的中央道路通过，闯红灯进入公园。其间，听到警报声的值班人员也提供了帮助。这趟冒险之旅当中，有一个人还能从中得到乐趣，就是刑事侦缉处的司机。他无疑是麦克唐纳见过最出色的司机，不吝以最高速直穿伦敦，无视所有道路规则，绕着海德公园急驰，而本人显然完全沉醉其中。在斯坦霍普门，两人再次获得值勤人员协助，横冲直撞进了梅菲尔。快到小房子时，又一个铃声与警笛同时鸣响——低沉的消防车铃声。他们停在罗金厄姆家门口，看到红色砖墙上已架起逃生梯。

警察——不知从哪里冒出来的——正在努力阻挡人

群。每当伦敦发生任何不寻常的事件，总会聚集起这样一群人。麦克唐纳跳下警车，听消防官兵说：

“我们没得到任何回应，长官，另外，下面的窗户上有钢制百叶窗。”

“知道了，”麦克唐纳说，“我从卧室窗户进去。富勒，没看见有人进出吗？”（他问在此值勤的刑事侦缉处成员。）

“没有人。罗金厄姆先生4点钟回的家，再没出去。”

麦克唐纳爬上逃生梯，消防队员紧随其后。他砸碎窗户，拉开闩，提起窗框，嗖地一下爬进去。空气中弥漫着一股烧焦的味道。两人穿过整洁的小卧室，冲进楼梯平台对面的起居室。屋内一片混乱，抽屉全被拉了出来，翻倒在地，玻璃面的书柜被砸碎了，里面的东西散落一地，椅子、桌子和瓷器被扔得到处都是。一个仍在燃烧的电炉给推到写字台旁，逐渐点燃坚硬的紫檀木。麦克唐纳看了一眼，向门口走去。

“他不在这里——让你的人去灭火吧，快点。”

麦克唐纳经过的时候，把炉子从桌旁上踢走，继续往前跑，在小房子里四处寻找。检查完浴室和橱柜，他们下楼，穿过餐厅、大厅、办公室，结果都一样。不管死人还是活人，一个人都没有，没人能够解释楼上的房间为何会遭到如何破坏。

“地板上有血。”消防队员巴恩斯说。麦克唐纳有些不耐烦地说：

“我知道——楼梯上也有。有个地窖还是酒窖什么的，那边，那个角落。”

麦克唐纳很清楚自己在做什么。他以身犯险，还找来消防员帮忙，就必须负起责任。如果上锁的门挡住了消防队员的行动，他就必须设法破门而入。酒窖的门已经很古老了，消防员用短柄斧劈下去，断然开裂。

台阶从门口延伸到酒窖，下面立有酒架，搁着几瓶酒，大多是空的。手电筒的光照过去，酒窖里空空如也，但麦克唐纳斩钉截铁地说：

“肯定在哪儿有个出口，房子里没有地方能藏一个人，更别说两个人了。我去看看屋顶，这刚好有个架子。来，把杆子给我。”

活板门传来木头裂开的声音，这时，巴恩斯听到另一个声音——发动机回火。麦克唐纳头肩已经穿过活板门，回头大喊道：“启动发动机，把车开过来，开到马厩街对面，我们在拐角处抓住他。到梅菲尔马厩街角见。”

巴恩斯马上明白了麦克唐纳的指示，赶紧跑回前门。刚从车库开出去的汽车还没全速启动，或许可以绕过蜿蜒的梅菲尔大街，挡在它前面。司机哪怕再想逃走，也不至于直撞上消防车。追捕的时候，消防铃比任何警铃都有用，能迅速清理道路，伦敦所有司机听到消防铃都会靠边停车让道。

麦克唐纳跑过车库，打开门，看到刚刚开出的那辆车正在加速。他追着到拐角处，看它转向格罗夫纳街。那车的发动机看起来仍在回火，司机加不了速。麦克唐纳的哨子发出尖锐的警告声，希望那辆车跑不快，好让警员跳上去。后边的消防车从马厩街退出去，尽管车身笨重，仍干净利落地掉头开到拐角处。消防车稍做减速，麦克唐纳跳上踏脚板，大喊："他要沿格罗夫纳街向东拐了，快想想办法。"

随着铃声响起，消防车风驰电掣，加速前进。他们看到猎物只有不足1公里的距离，向北拐进北奥德利街。那位司机已经控制住了引擎，火力全开地奔逃。

"前面是单行道，他不敢走这大路，"麦克唐纳旁边的人启动消防铃，说，"那就只有牛津街了。他走不远的，红绿灯多，交通很容易堵塞，那儿的情况我很清楚!"

向东进入牛津街，他们拐了个弯，直行到塞尔福里奇百货大楼的东边角落，眼看前面的黑色汽车从杜克街穿过，继续往前开。

"如果你能把车开到跟他持平，把他挤到人行道上去，就好办了。天哪，他要做什么？他要开到马里波恩路，跟我们硬拼了。不对，不对，他要停车，我知道他想干吗了。"

他的用意很明显。发觉自己比不过后车，完全处于劣势，于是决定弃车，沿消防车和警车都进不去的小路逃走。麦克唐纳对马里波恩路周围的道路网络略知一二，知道面前的猎物选择了圣克里斯托弗街。这条狭窄小巷直通牛津街尽头，连通了牛津街和维格莫尔街。麦克唐纳不知追逐的是谁（总督察脑海闪过一个阴森的想法，说不定遗弃的车上有一具尸体，虽然他现在还没法确定），但对方真是个逃跑高手。他沿着小巷快跑，堪比在大学跑步比赛里争夺名次的新生。他穿过维格莫尔街，麦克唐纳（曾是接受过系统训练的赛跑运动员，不过如今已经40多岁了）紧跟其后。在维格莫尔街北侧的马里波恩路口，麦克唐纳为了躲避一个体型肥胖的行人，不得不猛然转身，离猎物又远了几十米。前面那个飞蹿的身影转到右边，急转到通向一处小院的巷子。麦克唐纳没有急转弯，而是本能地虚晃一下，蹲下身子，直接跑向巷口另一侧。这时他头顶略过一颗子弹。他弯下腰，伸开双臂，低头跳跃着向前。对方的第二枪又打偏了，总督察顺手抓住对手膝盖。两人一起倒下。第三声枪响传来，而握枪的手重重撞在地上，那人发出低沉的呻吟。过了一会儿，麦克唐纳终于看清了追逐对象的真面目。他的黑色假发歪到一边，汗水顺着黝黑的脸颊流下，是尼尔·罗金厄姆。他抬起面无血色的脸看着总督察，麦克唐纳气喘吁吁之间，想到了一句话。他本能地弯下腰，给面前的伤者展开急救，心中默想，“逻辑重建五号。”

当晚，麦克唐纳上床睡觉时，一连串的事情使他忘记了一个问题。今晚发生的事件背后，又是怎样的逻辑重构？罗金厄姆在临死前承认，是他杀害了阿特尔顿和德布雷特，还要求见牧师。麦克唐纳永远不会忘记那双略显呆滞的眼睛里透出的恐惧。罗金厄姆似乎是罗马天主教徒，最怕死前没有忏悔而不被赦免罪过。午夜过后很久了，麦克唐纳依旧无法入眠。他起身坐在床上，苦苦思索最后的答案。罗金厄姆的最后一招不是达成目的，而是试图逃跑，这是为何？

罗金厄姆的酒窖由来已久，他在里面安装了活板门，跟改建之后的车库相连，便于他逃走。他知道麦克唐纳定会找到这里，便上演了一场殊死搏斗，最后他自己惨死，给装在车库的活板门上拉走了。他打电话叫警察过来，不料汽车发动机故障。发动机就是如此，谁也不知道什么时候就突然启动不了。麦克唐纳想象这个杀人犯知道后有追兵、疯狂启动引擎时，该有多么绝望。

“真是聪明反被聪明误，自掘坟墓。”麦克唐纳想，“他用尽诡计，差点就把我给戏弄了。其实，他早说过，他学过医学啊，又是解剖，又是戏剧的。魔鬼，不折不扣的冷血怪物！”

第十七章

麦克唐纳多少已经预料到勒格雷上校将如何批评他，向他质疑：“针对罗金厄姆，你有什么确凿的证据？”他详细记录了自己的观察和推断，虽然这些主要是理论性的和实验性的，但就是靠着笔记，他才想到要如何刺激嫌犯，让对方露底。

麦克唐纳坦诚地说，自己至少有五个关于钟楼案件的可能推断，结果证明最后一个是正确的。

①从掌握的证据来看，最明显的解读就是德布雷特勒索阿特尔顿，在钟楼杀死了他。德布雷特知道有三个人见过他，也能描述他的外貌，却还在谋杀案后露出具有标志性的胡须，这种莫名其妙的愚蠢行为（麦克唐纳是这样认为的）推翻了这个猜测。

②格林维尔杀死阿特尔顿，因为他的一些证据没有佐证。假设是他杀死了德布雷特，可在他身上或德盖特码头都没发现任何武器，证明这个猜测也错误。

③伯勒斯，与西比拉联手杀死阿特尔顿。事实证明，德布雷特和格伦维尔在德盖特码头的时候，伯勒斯还在拘留当中。

④伯勒斯和韦勒联手，西比拉制造了韦勒的意外，伊丽莎白·莉也遭到黑手。

⑤罗金厄姆杀了阿特尔顿，还专门把尸体藏在钟楼。根据他的护照看，那时他人在法国，不是英国。

麦克唐纳调查所有案件时，所做的推测都是基于证据。他精心进行逻辑重建，得出五个可能性。针对罗金厄姆，他则是巧用猜测，结果一针见血，找到了真相。

动机：马香的遗产。阿特尔顿从爱丽丝口中得知了遗产的存在，把消息告诉了罗金厄姆，可以假设罗金厄姆是玛丽·安妮·布罗斯的孙子。麦克唐纳认为，这也许涉及另一问题——德布雷特或许也是布罗斯夫人的孙子，但比罗金厄姆年长。总督察认为，阿特尔顿和德布雷特接连死亡，辨识阿特尔顿的尸体并非易事，因此凶手本以为破解案件是极度艰难的。

麦克唐纳阐述笔记内容时，勒格雷上校摘下眼镜，要求总督察进一步解释他的推理。麦克唐纳回答说：

“我认为，罗金厄姆是这样打算的。他把尸体藏在隐秘的地方，认为用定时炸弹（暂且这样称呼）引发大火前，不会被人发现；而火灾之后，就没法辨认尸体了，这样便留下两种可能性——德布雷特杀了阿特尔顿，或者反之。如此一来，两者因为杀人嫌疑，谁都无法要求继承财产。一切按计划进行的话，德布雷特无疑会消失，再不出现，留下另一个未解之谜。我告诉罗金厄姆，阿特尔顿的按摩师可以辨认出身体身份，他惊恐到几乎晕厥，也许是出于对此事的惊讶，也许就是因为他的计划出了差错。”

“整件事太疯狂了，凶手的心思之缜密令人震惊啊。”勒格雷上校喃喃道。麦克唐纳接着说：

“罗金厄姆是剧作家，他很聪明，可以说几近偏执。他坚信自己必能成功，也确实差点就瞒天过海了。德布雷特的胡子……”

“又来了，那胡子着实惹人烦！”勒格雷厉声说，“假设是有这样的动机——根据罗金厄姆所言，看来你是对的。能不能简单点，一句话告诉我，他是如何做到的？”

麦克唐纳不顾上司的批判，继续陈述：

“罗金厄姆比一般杀人犯要精明多了。他扮演了真正存在的人，随后再参与犯罪。他家很特别，没有常住的仆人，可以不给出任何理由就出门，也没有人会发现。他租下钟楼，装扮成德布雷特，用假发、胡子、深色化妆品，再加上眼镜，完全改头换面。其间，他仍和表哥德布雷特保持联系，付钱让对方低调行事，可能还给对方允诺了剧中的角色。选好身份，把位置定在钟楼，他打电话给阿特尔顿进行敲诈勒索，通过不间断的骚扰让阿特尔顿身边人都知晓此事。罗金厄姆就这样完成了第一幕表演。毫无疑问，他知道好友的花边新闻，正好借此进行勒索。罗金厄姆是阿特尔顿最亲密的朋友，自然了解他的生活和习惯……”

“毫无疑问，”勒格雷说，“第一幕真是妙。他确实聪明，还给阿特尔顿夫人寄去了信和未定影的照片，能令人信服，又不易追查。”

“的确如此。”麦克唐纳表示同意，“计划进行谋杀那天，罗金厄姆让阿特尔顿从维多利亚车站给他打电话，诱使他去查令十字车站，很可能骗他说可以摆脱德布雷特。两人都从查令十字车站去了钟楼（坐的是罗金厄姆买的车），阿特尔顿在那里遭到谋杀。罗金厄姆锁好门，拿着我在小房子见到的那本护照，乘午后的船去了法国加来。”

“你已经证明了护照的事吗？”勒格雷问道。

“是的，长官，”麦克唐纳回答说，“足以证明我们的假设是正确的。”

“是你的。”瑞格雷纠正完，不禁笑了。

“篡改护照日期并不好办，”麦克唐纳继续说道，“弄得再干净也不行。用假名字再办一本也不容易，虽然人们似乎都误以为这样行得通。如果罗金厄姆去法国以后立即返回，就必须得有第二本护照来掩饰行踪。他可以向护照办公室声明，自己的护照意外丢失或毁坏，从而获得新护照，这种情况倒是很多见，护照办公室也确会向信誉良好的人发放新护照，所以此事就好解决了。3月18日星期三，罗金厄姆带着一本护照离开英国，立即返回，拿到第二本护照，紧接着去了钟楼，用卑劣的手段隐藏尸体，还故意让自己假扮的德布雷特出现在格伦维尔面前。第二天，他用第二本护照回到法国，在那里一直待到次周的星期四。星期四，他又持第一本护照返回并公开露面，利用格伦维尔引起人们的警觉。而且，人们一般认为，会去警局报案的人，肯定是最不可能被怀疑的。”

“厚颜无耻的家伙，其卑劣程度让人难以置信。”勒格雷上校说。麦克唐纳表示同意，补充说道：

“他的计划极为复杂和周密，差点就能全盘成功。一切证据都有力地指向德布雷特，杀了德布雷特灭口，便没有任何证据指向他自己了。其实一切都还处于假定，要不是他最后乱了阵脚，说不定就不会查到他的头上。长官，就连您现在也很难相信罗金厄姆杀害了两条人命，他但凡找个能说会道的律师，很容易就可以让陪审团认定他无罪。我们是能逐步证明他有罪，但要找确凿的证据，得花费很长时间。查证他是否出身布罗斯家族就费了不少功夫。他母亲玛丽·安托瓦内特·布罗斯，嫁给了名叫德汉的南非籍英国人。这个德汉通过单边契据[①]改名为罗金厄姆。尼尔·罗金厄姆出生在英国，父母都是英国国民。他似乎一直都知道自己与阿特尔顿的关系，但从未透露过。最近几年，罗金厄姆才查明，家族有笔巨额遗产会传给最近的继承人，于是开始采取措施，消灭可能妨碍他的所有人。阿特尔顿的哥哥和表弟安东尼·费尔的死因无从查证，不过据我们所知，阿特尔顿本人可能也参与其中，所以他才特别惧怕德布雷特的勒索。”

“这么说来我就明白了。罗金厄姆把事情搞得太复杂了，我没看懂他打算如何获利，”勒格雷提出疑问，“如果计划成功，就无法证明阿特尔顿已死。”

“这一点后来会得到证实的。”麦克唐纳回答道，“终有一天，阿特尔顿的脑袋会被人发现，给此事盖棺定论，拉上最后的大幕。人们也会知道，尼尔·罗金厄姆的祖母是玛丽·安妮·布罗斯，也就是玛丽·安妮·马香。如果德布雷特被认定是杀害阿特尔顿的凶手，罗金厄姆就能坐稳遗产继承者之位。”

麦克唐纳停了一下，补充道：

“这个案子很棘手，因为我全是自己推理得出的结

① 只有让与人单方签名表明或宣告其行为或意图并只约束其本人的契据，多用于改名。

论。在德布雷特的尸体上发现了标有布罗斯字样的手帕，所以我才认为是德布雷特杀害阿特尔顿，以图继承马香的财产。如果我当时集中精力去查证德布雷特的家族血脉，应该能得到对罗金厄姆更有利的推论，但是，一切来得太容易，反而不真实了。格伦维尔遇袭之事可从两个角度来解释。第一比较好理解，德布雷特试图杀死格伦维尔，因为后者能认出他曾是钟楼的租客；第二，格伦维尔被人攻击，差点置于死地，是因为他近距离细看的话，会发现真正的德布雷特不是他在钟楼见过的那人。

“罗金厄姆的计划是速战速决，一箭双雕。他打伤格伦维尔的头，把可怜的‘花胡子海狸’扔进河里，死者口袋里还留有一封署名路易·德瓦隆·德布雷特的信。至此，我仍无确凿的证据去逮捕罗金厄姆，只能去猜测谁的可能性更大。在当时，表面看来德布雷特嫌疑更大。我想刺激罗金厄姆，让他露出真实面貌，故意说了两件事给他听。我问他阿特尔顿是否曾丢过护照，并因此又办了一本，好让他明白，关于他的行径，我已经在朝正确的方向查证。另外，我笃定地说格伦维尔恢复得很好，没多久就能接受警方询问。我在想，假设他有罪，面对这两个不确定因素，是否有勇气按兵不动。他在巴黎找了位女士，愿意证明，我们猜测的罗金厄姆实行犯罪行为期间，他们两人住在一起。但是，自己持有两本护照，还要面对被他在德盖特码头差点害死的那人，他恐怕就没法保持淡定了。”

“罗金厄姆是不是会模仿外国人笔迹，说外国口音？”

“毫无疑问——他的母亲是阿尔萨斯人，可能教过他法语字母，这点可以从他是布罗斯家族成员中推断出来。”

“很遗憾他没在舞台上发挥才华，只能在现实生活中扮演独角戏。”勒格雷冷冷地说。

“他既有罪犯的头脑，也有剧作家策划密谋的能力。”麦克唐纳回答道，“他没有演过头，倒是把计划做得太细致了。许多杀人犯都会重复手法，而罗金厄姆想把自己的聪明才智发挥到极致。”

几周后，麦克唐纳才得以同罗伯特·格伦维尔第一次长谈。后者在几乎被认定无药可救的情况下，奇迹般活了过来，只是现在特别瘦削憔悴。麦克唐纳看到他时，他出奇地精神饱满。（总督察进去格伦维尔房间之前，看见伊丽莎白·莉离开的背影，猜想他肯定是因此心情愉快。）

“你好，长下巴先生，”格伦维尔开心地说，“我想赶紧说完，然后向你提问。事情是这样的。那天晚上，尼尔从我家出去，过了5分钟就打电话说，‘你能快点来吗？我在坎农街站。我一直跟着伊丽莎白，天知道她要干什么。还有，西比拉·阿特尔顿刚从我身边走过。我必须去那个该死的码头看看，真想不到会发生什么。沿德盖特山直走……’他说到这儿就挂了电话，天哪，我赶紧出门！路上有辆公交经过，直接跳上车，简直是飞奔到了德盖特山。还没看到泰晤士河，我先追到了尼尔身旁，然后就什么也不知道了。我问你，是你的话会怎么做？”

“别问我，我不是危机专家。罗金厄姆的效率真够高的，攻击完你和德布雷特，没准把车停在某个地方，然后有预谋地搭上13路公交走了。你能挺过来，我很开心。我来之前你已经昏过去了，着实很担心啊。”

“哎，好家伙，还有空跟我说这些细枝末节的事情，是不是应该先放我走？”格伦维尔抱怨道，“那个可怜的胖墩——托马斯·伯勒斯呢？要把他怎么样？”

“哦，我们这伟大的剧作家把伯勒斯拉进来，纯属逗着玩。伯勒斯一度嫌疑很大，这样就能干扰警方，忽视其他重要细节。伯勒斯算是掉进了陷阱里，还真是有点可怜，惹人同情。我问了他的出身、家族等信息，统统遭到拒绝。他的怒吼和愤怒似乎说明他在掩藏什么。调查发现，原来他是犹太人，父亲原名叫利未，还真是意外。阿特尔顿夫人最讨厌犹太人，托马斯也知道这点，所以他宁可在牢房里多受几晚煎熬，也不愿承认自己的民族。”

“真够可以的！想想西比拉辱骂他的犹太人先辈时，他内心得有多屈辱！要我说，别告诉西比拉这事儿，让她嫁给伯勒斯，然后再发现真相。我真是一刻都没法忍受这女人。”

“我这辈子没遇过比她更讨厌的人，”麦克唐纳回说，“不过偏见对查案毫无益处。一开始我还喜欢罗金厄姆，他那样的乐天派，又循规蹈矩，还很容易紧张兮兮的，太有趣了。”

“天哪，他就是个冷血恐怖分子！那晚，他在钟楼给我包扎头部的时候，说自己以前学过医……”

“对，你跟我说过。所以他可能掌握了一些解剖技巧，刚好派上用场。从他联系警方开始，就应该有所怀疑。当然，也有可能是你俩一起谋划了这起事件，要不是德布雷特在圣殿骑士酒吧出现过，我还比较相信是你和罗金厄姆捏造了这个人。”

“我明白，”格伦维尔严肃地回答，“你从来没有真正相信我说在地下室找到手提箱的事，对吧？”

“我是有所怀疑，”麦克唐纳承认道，“我怀疑你和罗金厄姆第一次去钟楼，你被不知道什么的东西攻击头部，是拜他所赐。他用细绳和其他物品设计好机关，一头用于关灯，一头把门对面的画架弄倒，等你一头撞上去，晕晕乎乎的，也分不清怎么回事。你的这些经历同样增加了案情的复杂性，许多罪犯受到攻击的情形都显得可疑，很难判定这些意外背后的原因。”

“我谢谢你的同情，”格伦维尔怒目道，“你什么时候才开始不怀疑我，把注意力转向罗金厄姆的？”

“我们的大记者提了个好问题，”麦克唐纳说，“你真是木头脑袋，我从头到尾都必须怀疑所有人。我觉得你可能是编造了一大堆愚蠢的证据，不加修饰地全部摆在我的面前。这让我在查案的过程中很暴躁，不得不从一堆烦琐细节中整理可用的信息。我就不提德布雷特的胡子了——警察厅上级觉得胡子让人抓狂——我确信，巴布勒·德布雷特那样一个温和的人没有头脑，也缺乏魄力来做成此事，肯定是被人利用了。有人模仿他的外表，还有其他事情。你住在舰队街附近，说不定见过他；阿特尔顿夫人也可能曾看到他在剧场门口经过；身为剧作家的罗金厄姆也许碰到过他，学着模仿他，还花钱让他保持低调。罗金厄姆肯定没想过，‘花胡子海狸’在被他利用之后，居然会在关键的时候背弃约定，去查令十字车站露面。罗金厄姆必定是和可怜的‘花胡子海狸’约好在德盖特码头见面，与此同时也知道你会来，他计算得太精准了。罗金厄姆把橡胶圈挂在了德布雷特身上，也算是放过了你一命。好了，你现在看起来很虚弱，该休息了。”

“好吧，你怎么跟护士一样唠叨。那，韦勒是不小心从楼梯上摔下吗？”

“我认为是这样的。他已经辞职了，真是明智。”

“罗金厄姆跟你说阿特尔顿来电那事儿，又是为了什么？”

“主要是为了营造神秘感。我觉得他想扰乱警方思路，难以推断杀人凶手，所以给我们制造了这样那样的麻烦。我敢肯定，他最初的计划是，阿特尔顿和德布雷特死后，没人能辨认出尸体，除非他主动提供证据。”

“聪明的魔鬼！”

“就是聪明过头了。还有一件事，为了防止你哪天动歪脑筋，想去继承马香的财产，跟你透露个小秘密。老兵现在身体硬朗得很，大家觉得他还能再活几年。他80岁时就迎娶了爱丽丝，立下遗嘱，要把一切都留给她。马香从没公开宣布两人的婚姻关系，不过爱丽丝确实是他合法的妻子。这个结局还真是美满。她含着热泪给我看了两人的结婚证书，完全是找到真爱的一副模样！说起来，我曾经还猜测，也许她是韦勒的妻子，两人打算里应外合，夺取遗产。对了，记得请我吃结婚蛋糕啊小伙子，祝你好运！”

图书在版编目（CIP）数据

钟楼蝙蝠 /（英）伊迪丝·卡罗琳·里韦特著；李崇华译.
— 北京：中国青年出版社，2021.5
书名原文：*Bats in the Belfry:A London Mystery*
ISBN 978-7-5153-6394-3

Ⅰ.①钟… Ⅱ.①伊… ②李… Ⅲ.①长篇小说－英国－现代 Ⅳ.①I561.45

中国版本图书馆CIP数据核字（2021）第093624号

北京市版权局著作权合同登记号
图字：01-2020-6879
This edition published 2018 by
The British Library
96 Euston Road
London NW1 2DB

责任编辑：彭岩　刘晓宇
*
中国青年出版社 出版 发行
社址：北京东四十二条21号　邮政编码：100708
网址：www.cyp.com.cn
编辑部电话：（010）57350407　门市部电话：（010）57350370
北京中科印刷有限公司印刷　新华书店经销
*
889×1194　1/32　8.25印张　145千字
2021年8月北京第1版　2021年8月北京第1次印刷
定价：42.00元
本书如有印装质量问题，请凭购书发票与质检部联系调换
联系电话：（010）57350337